W0372440

Mission LZ-127

Jean-Claude Weinling

1

Firmin Ochsenschwanz posa son journal sur la table du restaurant après l'avoir soigneusement replié. Pendant qu'il lisait, ses camarades assis autour de lui n'avaient eu de cesse d'échanger des propos aboutissant par moments à de vifs échanges ou des éclats de rire. Le lecteur ne s'était pas laissé déranger pour autant par tout le tintamarre ambiant auquel il était habitué, et qui s'entendait même à l'extérieur dans tout le voisinage, au grand dam des riverains, à chaque fois que la porte de l'établissement s'ouvrait pour permettre le va-et-vient des clients.

Heureusement que le *Coucou des bois* était situé en lisière de la forêt du Stockfeld ; ainsi, une bonne partie des nuisances sonores allait se perdre dans les feuillées obscures sans troubler le sommeil de quiconque. L'établissement étant plein à craquer comme chaque fin de semaine, les derniers arrivants marquaient un temps d'arrêt en découvrant la nébuleuse bruyante et odorante qui régnait dans ce lieu.

Dans cette atmosphère, où se mélangeaient les odeurs de plats alsaciens et de bières à celles des fumées de cigarettes et de pipes, le volume sonore atteignait par moment un niveau à peine supportable, et pourtant aucun client n'avait l'air de vouloir s'en plaindre. La chaleur, l'alcool, les plats généreux avaient rougi les visages, perlés de sueur les fronts, annihilé les sensibilités. Des bouches déformées hurlaient et riaient à gorge déployée, tandis que les pieds des chaises grinçaient sur le parquet, que les couverts piquaient et rayaient rageusement le fond des assiettes et que la vaisselle, manipulée sans ménagement par le personnel, s'entrechoquait violemment dans leurs mains.

Charele, Sele, Fredel et Firmin se retrouvaient immanquablement chaque samedi soir dans cette ambiance infernale pour y passer un bon moment. Une habitude prise il y a des années de ça, avant que les trois premiers ne soient mariés. Un privilège qu'ils avaient réussi à conserver et que leurs épouses leur accordaient de bonne grâce, puisqu'elles en profitaient pour se retrouver entre elles, tantôt chez l'une, tantôt chez l'autre. La semaine écoulée donnait le « la » de la soirée. Chacun de ces vieux amis avait à cœur de raconter les péripéties vécues depuis leur dernière rencontre. Et, dans ce brouhaha, c'était généralement celui qui parlait avec le plus de véhémence qui imposait aux autres son récit.

Charele, le plus fort en gueule de la bande, plombier de son état, venait chaque semaine avec de nouvelles histoires vécues ou parfois plus ou moins inventées. Tantôt saugrenues, tantôt simplement originales, et dans les grands jours, des affaires croustillantes qui occupaient alors la majeure partie du repas, de l'apéritif jusqu'aux digestifs.

Sele, guichetier à l'agence du Crédit Mutuel, n'était pas en reste et aimait raconter ses déboires avec ses collègues et ses clients les plus singuliers, que toute la tablée finissait par connaître à la longue.

Fredel, exerçant le métier de fleuriste, scrutait tout au long de l'année, de son kiosque situé en face du cimetière sud de Strasbourg, le comportement de ses concitoyens. Capable de servir ses clients tout en gardant un œil sur ce qui se passait tout autour de lui, il se vantait d'en voir des vertes et des pas mûres depuis son poste d'observation situé à la croisée des vivants et des morts.

Si ces trois gaillards se disputaient à chaque fois le privilège de s'exprimer en premier, Firmin, le quatrième de la bande, n'était pas de la même trempe qu'eux. Lui, le dernier célibataire à cette table, se contentait d'écouter et s'amusait des récits de ses copains. Chacun ayant eu ce soir-là tout loisir de raconter ses péripéties de la semaine, la discussion s'était orientée depuis quelques instants vers l'actualité politique et c'était encore Charele qui se montrait le plus énergique.

Durant ce nouveau débat, le quotidien que Firmin avait été le dernier à lire, devenu inutile, fut d'abord froissé par le coude de Charele qui avait pris appui dessus et ne cessait de remuer en tous sens, pendant qu'il agitait le bras en s'exprimant avec force conviction. Ensuite, une nouvelle tournée de chopes de bière posée sans ménagement par la serveuse aux bras lourdement chargés, pressée de se délester d'une partie de sa cargaison avant de se diriger hâtivement vers d'autres tables pour y distribuer ses autres brocs et plats, imprima quatre auréoles sur la une. Sele, en glissant avec élan les verres en direction de ses camarades comme s'il craignait qu'ils pussent mourir de soif, renversa maladroitement une partie du précieux liquide et utilisa le journal pour éponger la table, avant de pousser négligemment le papier imbibé vers Fredel. Et c'est à ce dernier que revint la mission de lui régler son sort. Après avoir regardé à droite et à gauche, il le roula en boule et le fit disparaître sous le banc sur lequel il était assis.

Dans cette édition du 3 août 1929, le quotidien strasbourgeois *Der Elsässer* titrait, au sommet d'une de ses colonnes, « *Doriots Misserfolg in Strassburg* » (échec de Doriot à Strasbourg). C'était ce sujet, évoqué sur quelques lignes à peine, et non celui attenant qui étalait sur deux colonnes entières l'éternel problème de l'endettement de l'Allemagne qui ne parvenait pas à honorer ses échéances, qui avait inspiré cette nouvelle conversation :

— Charles Hueber a à présent complètement retourné sa veste.

— On peut même dire qu'il a abandonné son ancien complet pour en enfiler un autre.

— Et tous ses amis le suivent sans se poser la moindre question.

— Les autonomistes réussissent là un merveilleux tour, faisant la nique à tous leurs opposants et particulièrement aux plus virulents d'entre eux, les communistes, à qui ils viennent de subtiliser leurs meilleurs éléments.

— Si les autorités parisiennes n'avaient pas mis tellement d'entrain à vouloir nous imposer de force leurs lois républicaines, la politique du *Volksfront* (Front populaire) n'aurait certainement jamais vu le jour.

— Et le communiste Charles Hueber et tout son état-major ne se seraient pas réveillés un beau matin, transformés par un coup de baguette magique en chantre de l'autodétermination.

— Fallait oser le faire tout de même.

— Le plus drôle est que le comité central du Parti communiste français a pu s'imaginer que leur délégation dirigée par le député Jacques Doriot allait retourner les sécessionnistes comme des *Grumberekuechele in ere Bradpfan* (des galettes de pommes de terre dans une poêle à frire) et les remettre aussi sec dans le droit chemin.

— Les débats se sont visiblement prolongés hier soir jusque tard dans la nuit. Et, bien que très houleux, rien n'y fit. Tous ces *Bariserkoepf* (cerveaux parisiens) sont repartis pour la capitale aussi vite qu'ils sont venus, totalement penauds.

— Tu m'étonnes ! Maintenant que Hueber est à la tête de la municipalité strasbourgeoise, il ne lui est plus possible de revenir sur les accords qu'il a contractés de tous les côtés pour parvenir à ses fins.

— Toute son entreprise se trouverait immédiatement réduite à néant.

De ce débat, qui n'en était pas vraiment un, puisque toute la tablée était du même avis, le mot de la fin revint à Fredel :

En voilà une histoire ; ce Doriot n'est pas le premier ni le dernier Parisien à repartir de Strasbourg en ayant échoué dans son intention de mettre les Alsaciens au pas.

Il était bien vrai que, de manière générale, les fonctionnaires dépêchés dans la région par la capitale eurent, en 1929, dix ans après le retour de l'Alsace à la France, toujours beaucoup de peine à se faire comprendre et à faire fonctionner l'administration locale selon le modèle national.

Ce journal, qui venait de disparaître de la table, portait les stigmates d'une partie du malaise qu'il y avait entre les autorités françaises et cette terre de culture germanique, revenue dans le giron de la France après pas loin d'un demi-siècle d'annexion allemande.

Depuis 1919, année du retour officiel à la France, *Der Elsässer* affichait en sous-titre son nom en français, *L'Alsacien*. Mais c'était bien les deux seuls mots que l'on trouvait dans cette langue sur les huit pages en allemand, du moins quand aucune publication légale n'y figurait. Cette exception, concernant des arrêtés des tribunaux, s'expliquait par le fait que le français était devenu la langue officielle de la justice en Alsace dès février de cette année, alors que la majorité des habitants de la région n'entendait rien, ou tout juste quelques rudiments, à la langue de Molière. C'est dire à quel point les Strasbourgeois s'estimaient informés et concernés par les décisions de justice !

Au-delà des différences de langue et de culture, le maillage politique local, fortement marqué par la religion, avait également peu de rapport avec celui d'un pays devenu laïc en 1905. Les politiciens parisiens considéraient toujours ce problème de haut, persuadés que cette particularité disparaîtrait par une mise au pas qui se produirait, tôt ou tard, bien qu'elle perdurait depuis plus d'une décennie. C'était bien mal connaître les *Holzkoepf* (têtes de bois) qui peuplaient cette contrée coincée entre le Rhin et les Vosges.

En tout état de cause, ce n'étaient pas les sujets de discussion qui manquaient à ces amis lors de leurs rencontres hebdomadaires. Cependant, certains soirs, quand chacun s'était exprimé à souhait et que l'actualité politique et sportive avait été largement passée au crible, Charele, craignant peut-être le silence plus que les autres, se tournait alors vers son camarade pour lui dire :

— Alors Firmin, et toi, qu'est-ce que tu nous racontes ?

Firmin n'aurait pas eu moins de choses à raconter que ses amis. Mais, même s'il n'hésitait pas à prendre la parole quand l'envie lui venait, il se considérait comme un piètre conteur, aimant peu attirer l'attention sur lui ; il se voyait mal se lancer dans un récit dans lequel il aurait tôt fait de s'emmêler les pinceaux d'une manière inextricable. Pour ne pas se retrouver dans l'embarras, il s'excusait toujours avec les mêmes mots :

— Oh moi, vous savez, il ne m'arrive pas de choses aussi intéressantes qu'à vous, alors, voilà… eh bien, je ne vois pas ce que je pourrais vous raconter.

Cet intermède ayant donné naissance à d'autres idées, la conversation repartait de plus belle, tandis que Firmin redevenait l'auditeur qu'il aimait être. Ce brave homme, qui ne savait pas se rendre intéressant, exerçait pourtant un métier bien plus propice aux aventures exaltantes que ses camarades, puisqu'il travaillait pour le compte des fameuses Brigades du Tigre.

2

Comme tous les lundis matin, Firmin attendait le tramway à la station terminus de la ligne 4, située devant le *Coucou des bois*, pour rejoindre son lieu de travail au centre-ville.

Les voitures de la Compagnie des tramways strasbourgeois se faisant attendre, il passa le temps en promenant son regard sur la façade du restaurant, tout en se remémorant les meilleurs moments de la soirée qu'il avait passés l'avant-veille en compagnie de ses vieux camarades.

Firmin avait quinze ans lorsqu'il avait emménagé avec sa mère dans la toute nouvelle cité-jardin du Stockfeld. Ce fut un changement radical pour eux, qui habitaient jusqu'alors en plein centre de Strasbourg. L'exode auquel ils furent contraints, avec plus de 3 000 autres Strasbourgeois, leur avait été imposé par le projet de Grande Percée du *Bürgermeister* de l'époque, Rudolf Schwander, qui s'était mis en tête d'assainir et d'embellir le cœur de sa cité. Ne lésinant pas sur les moyens, il avait ordonné la démolition de plus d'une centaine de maisons du centre historique pour créer de nouvelles avenues bordées d'immeubles plus confortables.

Pour reloger les habitants qui perdaient leur toit dans cette entreprise, Rudolf Schwander avait confié à l'architecte Edouard Schimpf la construction d'une cité-jardin, un concept tout nouveau, venu d'Angleterre. Chassés de leurs logements exigus et parfois insalubres du centre de Strasbourg, les 3000 expropriés furent donc relogés, certes très à l'écart de la ville, mais dans des habitations toutes neuves, chacune assortie d'un jardinet et, surtout, équipées de toilettes.

C'était ainsi que ces citadins de condition modeste, que les Parisiens avaient pour habitude de nommer dans leur jargon des Apaches, et qu'Alexandre Dumas qualifiait de Mohicans dans un de ses romans, devinrent après leur exode les *Stockfeld Indianer* (les Indiens du Stockfeld).

Stockfelder (habitant du Stockfeld) depuis son adolescence, Firmin avait utilisé ce transport en commun maintes et maintes fois. C'était donc par automatisme qu'à l'arrivée de l'omnibus, il posa son pied sur le marchepied et empoigna la rampe pour se hisser à bord, avant d'aller s'asseoir sur une des banquettes qui n'avaient pas été prises d'assaut par les passagers précédents.

S'il ne se pressait pas pour embarquer, c'était parce qu'il n'y avait nullement besoin de jouer des coudes pour obtenir une place assise. Le nombre de sièges était toujours suffisant pour les personnes montant au terminus de la ligne. De plus, il ne tenait pas tant que ça à s'asseoir, puisqu'il lui arrivait souvent, en cours de trajet, de céder sa place à une personne âgée, une femme enceinte ou un invalide de guerre.

Tout en cahotant légèrement aux endroits où les rails étaient mal aboutés, le tramway remontait la route d'Altenheim, puis celle du Polygone en direction du centre-ville. À chaque arrêt, où se trouvait immanquablement un débit de boissons, les deux voitures embarquaient de nouveaux passagers.

Parfois, des resquilleurs à bicyclette venaient s'agripper à la rame pour faire un bout de chemin à moindre effort, au risque de chuter si une roue du vélo se prenait dans les rails ou dans un nid de poule. Lorsqu'un audacieux venait s'arrimer, tous les passagers postés de son côté ne le quittaient plus des yeux, dans l'espoir secret de le voir se casser la figure. Si cette distraction n'était pas des plus exaltantes, elle faisait pour le moins passer le temps. Et puis, sait-on jamais ? Avec un peu de chance !

Depuis le temps que Firmin empruntait cette ligne, nombre de maisons avaient été construites tout le long du parcours. À bien des endroits, des terrains vagues ou des cultures maraîchères avaient laissé place à des bâtiments de plus en plus hauts. Au fil des ans, le champ de vision s'était restreint progressivement à ce seul grand axe et aux routes attenantes.

Après avoir longé la caserne d'artillerie, le *Stockfelder* jetait systématiquement un regard sur sa droite, dans l'espoir d'apercevoir l'un ou l'autre Nieuport-Delage flambant neuf du 2e Régiment d'aviation de chasse décollant de l'ancien champ de manœuvres militaires, devenu l'aérodrome du Polygone.

C'était avec un léger pincement au cœur qu'il se souvenait chaque matin, à cet endroit, de l'arrivée de la prestigieuse Escadrille des Cigognes venue, en 1919, prendre symboliquement possession des lieux. Le Tout-Strasbourg s'était déplacé ce jour-là pour acclamer ces héros de l'aviation française qui avaient pourtant été leurs ennemis durant la Grande Guerre. Firmin, qui avait également combattu dans les airs, savait ce qu'il avait fallu comme courage aux pilotes du Groupe de combat numéro 12 pour accomplir leurs exploits. D'ailleurs, bien des as de cette escadrille, tels que Guynemer, Dorme ou Roland-Garros, morts au combat, manquaient à l'appel. René Fonck, l'as des as, Raoul Echard et Joseph-Henri Guignet, entourés par une foule immense dès leur atterrissage, avaient beaucoup apprécié l'accueil triomphal des Alsaciens, que la presse parisienne prétendait libérer du joug de l'ogre allemand.

Si Firmin et ses frères d'armes alsaciens, qui avaient combattu durant le conflit sous l'uniforme allemand, avaient beaucoup de respect pour ces héros, ils ressentaient néanmoins une sorte de malaise face à ces débordements d'enthousiasme de leurs concitoyens.

À l'approche de la place du marché de Neudorf, le conducteur du tramway ralentit son véhicule en redoublant de vigilance. Régulièrement, les voies y étaient obstruées par l'attelage d'un vendeur ambulant dont le cheval refusait d'avancer, ou qui n'était pas en mesure de le faire bouger du fait de l'encombrement de la chaussée. Un piéton, pressé de se rendre au marché, pouvait surgir à tout moment au milieu du trafic et il n'était pas rare que le conducteur de l'omnibus soit contraint de freiner brusquement pour ne pas percuter un de ces imprudents.

Après avoir traversé ce dernier faubourg, le tramway débouchait sur la place de l'Étoile d'où apparaissaient, au regard des passagers, les maisons du centre-ville au-dessus desquelles se dressait la cathédrale et sa flèche pointée vers le ciel. Puis, moins d'un quart d'heure plus tard, au coin de la place Kléber, Firmin descendait de voiture pour se diriger d'un pas alerte vers son lieu de travail.

3

Le commissariat central sis, 11 de la rue de la Nuée-Bleue, dans l'ancien hôtel du Bourg, du nom du maréchal du XVIIIe siècle Léonor Marie du Maine du Bourg qui l'avait fait ériger, n'était qu'à cinq minutes à pied. Firmin prit toutefois le temps d'acheter un journal, dont il survola le contenu pendant qu'il marchait à grands pas.

Sans surprise, le sujet de la dette allemande occupait avec autant de régularité ses deux colonnes à la une que le roman-feuilleton *Schwester Engelberta* qui s'affichait sur le bas de la page deux. C'était à se demander lequel des deux arriverait à son terme avant l'autre. Les déboires du député Doriot n'avaient visiblement plus d'intérêt aux yeux des journalistes, puisqu'il n'y en avait plus la moindre trace dans cette édition et rien non plus de ses éventuelles conséquences.

Les autres informations ayant peu d'intérêt pour lui, il plia le journal et le coinça sous le bras avant de passer sous le porche du commissariat central de Strasbourg en prenant soin, comme à son habitude, de saluer d'un geste de la main les deux plantons en faction dans leur guérite.

Créées en 1907 par Georges Clemenceau pour lutter contre l'insécurité grandissante qui régnait tant dans les villes que dans les campagnes, les Brigades régionales de police mobile, renommées les Brigades du Tigre d'après le surnom de leur fondateur, prirent leur quartier à Strasbourg en 1920.

Par chance, Firmin Ochsenschwanz obtint, dès leur implantation, un poste dans cette unité. Notre homme n'avait en rien une âme de justicier ni les études nécessaires pour occuper un poste d'enquêteur. Son travail ne s'était limité initialement qu'à des fonctions administratives. Bilingue et très méticuleux dans son travail, Firmin avait toutes les qualités requises pour épauler des hommes d'action, souvent détachés dans la région sur ordre des autorités parisiennes.

Cependant, même s'il n'était officiellement qu'un employé de bureau, ses tâches s'étendirent progressivement au-delà de celles d'un simple secrétaire. Dès le départ, ses compétences linguistiques l'amenèrent à participer à des missions sur le terrain pour aider ses collègues non alsaciens peinant en raison de la barrière de la langue. Mais il s'avéra très rapidement que le bilinguisme n'était pas son seul atout dans l'action, puisqu'il savait également faire le coup de poing quand les circonstances l'exigeaient. Quand bien même il n'avait pas la maîtrise des techniques de combat de la savate ou de la canne, comme certains de ses collègues, le *Stockfelder* était un renfort de choix dans les situations difficiles. À l'instar de ses copains de quartier, il cognait dur et sa grande taille lui donnait de surcroît une belle allonge dont il savait tirer avantage.

Lorsqu'il arriva dans son bureau, en voyant tout le service regroupé en cercle autour d'un personnage qui n'était visiblement pas leur chef, Firmin se souvint de l'annonce qui leur avait été faite, fin de la semaine précédente, d'une nouvelle recrue devant intégrer l'équipe ce lundi.

Sans aucun doute, cette tête aux cheveux châtains soigneusement peignés, apparaissant au milieu du groupe, appartenait au dernier renfort dépêché par Paris. Il passerait probablement comme nombre de ses prédécesseurs quelques mois dans ces locaux, tant bien que mal, avant de demander sa mutation pour n'importe quelle ville de France, pourvu qu'il puisse s'en aller d'ici.

Depuis son embauche, Firmin avait vu défiler bien des *Bariserkoepf* dans son service. Parfois grandes gueules, parfois timorés, la majorité d'entre eux ne parvenait pas à s'adapter aux spécificités de l'Alsace. Ne faisant pas la distinction entre le dialecte alsacien et la langue allemande, ils avaient le sentiment de se retrouver en poste à l'étranger et, de plus, en pays ennemi. Toutes les belles paroles prodiguées par leur hiérarchie parisienne pour leur vendre leur mutation en Alsace paraissaient, dès leur arrivée à Strasbourg, avoir été pures charlataneries.

Le nouveau membre de l'équipe étant arrivé depuis quelques minutes à peine, les présentations n'en étaient qu'à leur tout début. Le nom sous lequel il s'était présenté, Hubert de la Grange – spontanément traduit en alsacien, *Schire Hubes*, par Goges, le plus farceur de la bande – le nouvel inspecteur comprit d'emblée que la brigade était scindée en deux groupes. Pour cela, il lui avait suffi d'observer les réactions à cette boutade. À sa droite, se tenaient les fonctionnaires alsaciens qui riaient et, de l'autre côté, ceux qui ne l'étaient pas et ne riaient pas. Ce n'était pas que ces derniers n'aient pas compris que Goge voulait être drôle ; ils auraient pour le moins pu esquisser un sourire de politesse pour donner à Hubert l'illusion qu'il allait travailler dans l'entente et la bonne humeur. Non, les policiers de « l'intérieur de la France », comme ils étaient poliment qualifiés en Alsace, avaient choisi de rester stoïques. Il est vrai que l'humour de leurs collègues alsaciens, lourd et répétitif, leur pesait à la longue.

Très rapidement, après cet accueil et sa légère fausse note, chacun se mit à son poste de travail pour vaquer à ses occupations, tandis que le commissaire divisionnaire, Marcel Martin, prit Hubert de la Grange à part dans son bureau pour lui transmettre toutes les informations utiles à sa prise de fonction.

Le nouvel arrivant n'ayant pas eu le temps de mémoriser chacune des personnes qui étaient venues se présenter tour à tour, en lui serrant la main en guise de bienvenue, Marcel Martin lui décrivit plus posément chacun des membres de l'antenne strasbourgeoise des Brigades du Tigre.

Le service que le divisionnaire encadrait était composé d'une secrétaire, Marinette Muller, d'un employé administratif, Firmin Ochsenschwanz, et de cinq inspecteurs, auxquels son interlocuteur allait se rajouter. Goges, de son vrai nom Georges Schmidt, qui s'était distingué d'emblée par son franc-parler, ainsi que Gustave Wagner et Joseph Fischer, étaient trois purs produits du terroir alsacien avec une parfaite connaissance de la région, de sa langue et des mœurs de ses habitants. Tandis que Théodore Dupont et André Constantin, originaires de l'intérieur de la France, avaient pour leur part une excellente connaissance du Code pénal français et la maîtrise de la langue nationale que leurs collègues alsaciens avaient tendance à malmener en y mêlant d'abominables barbarismes.

À l'issue de son entretien, Hubert s'assit à la place qui lui avait été attribuée et, n'ayant pour l'heure rien à faire, passa le reste de la matinée à observer ses nouveaux collègues.

Firmin, installé à son bureau, tapait des rapports sur sa splendide machine à écrire Continsouza, remplissant tout l'étage des cliquetis des caractères frappant en rythme la feuille de papier. Le téléphone sonnait à tout bout de champ ; des discussions s'engageaient par-ci par-là. Des fonctionnaires entraient d'un pas vif par une porte, pour ressortir par une autre, sans que quiconque ne se fût inquiété de leur air préoccupé. Les tasses de café se remplissaient et se vidaient à la même vitesse que les mégots s'amoncelaient dans les cendriers. Des collègues des autres services apparaissaient par moment pour discuter. Parfois, quelques remarques douteuses fusaient à propos d'une secrétaire, rien de bien particulier !

Au final, il n'y avait pas de grande différence avec la brigade dans laquelle Hubert avait travaillé précédemment. La petite dissension qu'il avait perçue à son arrivée n'empêchait pas le bon fonctionnement du service.

À la pause de midi survint cependant un incident. Toute l'équipe ayant décidé d'aller déjeuner ensemble, chacun passa la porte à tour de rôle. Lorsque Goges s'engagea, il s'arrêta pour se courber et faire le dos rond, proposant à ses amis un saute-mouton improvisé.

Chacun des Alsaciens se prêta de bonne grâce à cette suggestion puérile. Au moment où Hubert allait s'élancer, Firmin, connaissant les intentions de son collègue farceur, voulu l'en empêcher en lui retenant le bras :

— Tu ne devrais pas faire ça !

Mais Hubert dégagea son bras pour s'élancer. Au moment où il prit appui sur le dos de l'Alsacien, celui-ci se redressa brusquement et le fit chuter. La plaisanterie était un peu lourde, et même les autres Alsaciens ne l'avaient pas trouvée drôle. Goges, constatant qu'il n'avait pas obtenu l'effet escompté auprès de ses camarades, tâcha de se dépêtrer en s'adressant à sa victime d'un ton digne d'un comédien :

— Excuse-moi, pour ce mauvais réflexe !

Hubert ne laissa rien paraître de ses sentiments tandis qu'il se relevait et époussetait ses vêtements du plat de la main. Puis, soudain, d'une volée magistrale, il administra un monumental soufflet sur la joue du plaisantin. Avant de rajouter, d'une manière tout aussi théâtrale :

— Excuse-moi, pour ce mauvais réflexe !

Dès cet instant, et au-delà des civilités d'usage, les présentations étaient désormais faites. Le boute-en-train de la bande savait dorénavant à qui il avait affaire, et même les plus grands adeptes de ses plaisanteries s'étaient abstenus de lui marquer leur soutien. Pour le moins, le blagueur avait réussi à susciter le sentiment commun à toute l'équipe que cette baffe, il l'avait bien cherchée !

Durant l'après-midi se rajoutèrent à l'ambiance du matin des rires étouffés entre collègues, causés par la marque de la main toujours nettement visible sur la joue de Goges, qui tâchait de faire comme si de rien n'était, et le boitement qu'Hubert essayait de dissimuler autant que possible lorsqu'il se déplaçait.

4

À l'heure de quitter son travail, Firmin s'en revint chez lui par la même ligne de tramway que celle qu'il avait empruntée le matin. La majorité des passagers qu'il avait côtoyée à l'aller se retrouvait à nouveau dans le même omnibus que lui. Bien qu'ils se connaissaient de vue, personne ne s'adressait pourtant la parole. Les visages restaient fermés durant tout le trajet, chacun tâchant de ne pas afficher la moindre émotion. Il n'y aurait eu qu'un événement exceptionnel, telle la chute d'un de ces fameux cyclistes resquilleurs, pour les tirer de leur mutisme. Malheureusement, ce n'était pas tous les jours fête !

Tandis que le tramway s'éloignait en traversant la place de l'Étoile, les façades des maisons du centre-ville affichaient des couleurs chaudes, des couleurs de feu, propres aux fins de journées ensoleillées de l'été. Dans l'étroit boyau de la route d'Altenheim, la chaleur accumulée par les immeubles bordant cette rue de part et d'autre faisait monter la température à l'intérieur des voitures, aux vitres pourtant largement ouvertes, jusqu'à devenir étouffante.

La place du marché de Neudorf avait retrouvé son calme. Quelques balayeurs s'affairaient encore pour qu'il ne subsiste aucune trace des détritus laissés derrière eux par les marchands ambulants. Ils exécutaient leurs gestes sans conviction, comme des automates, sachant pertinemment que le lendemain il leur faudrait remettre ça, puis les jours suivants également et ainsi de suite.

Aux terrasses des bistros, de nombreux gaillards étanchaient leur soif, dilapidant par la même occasion une bonne partie de l'argent qu'ils venaient de gagner si péniblement durant cette journée de canicule.

En passant à côté du Polygone, Firmin ne vit toujours pas d'avion de combat. C'était à croire que la chaleur de l'été les avait cloués au sol. En fait, tout semblait se mouvoir au ralenti. Les passants, les chevaux, et même les chiens et les chats errants, que le tramway croisait, étaient assommés par cette chape de plomb. Firmin esquissa un sourire en se disant qu'il faisait probablement trop lourd pour que les avions puissent décoller.

De retour chez lui, sa mère ayant préparé le diner, ils se mirent à table ensemble et ne prononcèrent que très peu de paroles durant le repas. Géraldine Ochsenschwanz, n'étant pas d'un naturel curieux, elle ne posait jamais de question sur la journée que venait de passer son fils. Son seul souhait était qu'il soit heureux au quotidien en sa présence, le reste lui était bien égal. Elle, qui avait perdu son mari bien trop tôt, avait la compensation d'avoir toujours son garçon avec elle et n'espérait qu'une chose, qu'il en soit ainsi aussi longtemps que possible. Lui, guère plus bavard qu'elle, se contentait de mâcher les aliments et de boire son eau aussi consciencieusement que s'il accomplissait une tâche dont dépendait la bonne marche du monde.

Si la température descendait à un niveau acceptable à la tombée de la nuit, le *Stockfelder*, après avoir arrosé le potager, irait faire un tour dans les rues avoisinantes pour échanger quelques propos avec un voisin. Ou, s'il ne rencontrait personne, il irait s'asseoir un moment sur un des bancs de la place des Colombes, le centre névralgique de la cité-jardin du Stockfeld.

Il s'en racontait bien des choses à Strasbourg sur les mœurs des *Stockfeld Indianer.* Des racontars que ces mêmes *Stockfeld Indianer* aimaient propager, peut-être pour s'assurer qu'aucun importun ne viendrait fourrer son nez chez eux. Firmin, prenant un malin plaisir à entretenir ces légendes tout comme ses amis, usait souvent de cette mise en garde en faisant des gros yeux : *Wenn's bie uns glitzert in de Nàcht, ìch's kan Schokolàbàbier* (Lorsque tu aperçois chez nous un scintillement dans la nuit, tu peux être sûr qu'il ne s'agit pas d'un papier de chocolat). Alors qu'au demeurant les *Stockfeld Indianer* ne se dévoraient pas entre eux, et ne s'attaquaient que très rarement aux cow-boys de la ville, il n'y avait pas plus de voies de fait ici qu'ailleurs à Strasbourg. Et, quand bien même, les tuniques bleues de la police municipale étaient là pour y mettre bon ordre.

Firmin était content de sa vie. À trente ans passés, il n'était toujours pas marié, mais sa situation de vieux garçon n'était pas pour lui déplaire. En dehors de sa sortie hebdomadaire avec ses amis, il n'aimait rien de plus sur terre que la tranquillité de son quartier, pouvoir y vivre une existence sans surprise, bien loin des temps tourmentés qu'il avait vécu durant les quatre années de la Grande Guerre.

5

Le lendemain, lorsque Firmin passa à nouveau à côté du Polygone, il eut le plaisir de voir décoller un splendide trimoteur Caudron de la Compagnie internationale de navigation aérienne. Si ces avions utilisaient depuis quelques années le tout nouveau port aérien d'Entzheim, il arrivait encore que certains d'entre eux viennent faire escale au Polygone pour des raisons techniques.

En le voyant s'élever et s'éloigner dans le ciel, Firmin rêvait à de lointaines destinations, telles que Varsovie, Bucarest ou Constantinople, que cette compagnie desservait depuis Paris en faisant escale à Strasbourg, et où il n'irait probablement jamais.

En dehors de sa ville natale, il ne connaissait que celle de Hage, dans le nord de l'Allemagne, à quelques kilomètres à peine de la mer du Nord, où il avait été incorporé dans l'unité des aérostiers de la marine en 1914.

Alors que les Alsaciens et Mosellans étaient généralement affectés au front de l'Est, il s'était retrouvé là-bas tout à fait par hasard. Dans l'indescriptible cohue générée par la mobilisation générale, une interversion s'était produite entre Firmin Ochsenschwanz, domicilié à Strasbourg, et un homonyme du même âge, originaire d'un autre coin d'Allemagne. Ce malheureux intégra probablement, à sa place, le régiment d'infanterie auquel il aurait dû être affecté, et alla patauger dans le dédale des tranchées où la mort lui avait peut-être donné rendez-vous.

L'erreur d'affectation commise par l'administration militaire allemande fut bien évidemment détectée, mais l'aptitude de Firmin lui valut de rester en poste.

Un invalide de guerre venant d'entrer avec peine dans le tramway, en prenant appui sur ses deux béquilles, Firmin se leva d'un bond pour lui céder sa place, sans se demander si d'autres sièges étaient vacants. Puis, debout, adossé à une vitre, le jeune homme continua à songer à son passé militaire.

Âgé de dix-sept ans à peine, précipité sans ménagement dans un monde d'hommes, il s'était senti très chanceux de manger à sa faim et de dormir dans un lit à l'abri des intempéries. Mais Firmin ne fut pas long à déchanter. Après une courte formation au maniement des armes, il occupa un poste de mitrailleur dans un des nombreux zeppelins qui se rendaient la nuit en direction des côtes anglaises pour lâcher leur cargaison de bombes explosives et incendiaires sur Londres ou d'autres villes, semant la panique auprès de la population. Ces missions étaient très dangereuses, et de nombreux aéronefs furent abattus par les Anglais ou chutèrent victimes de pannes ou des intempéries, ne laissant quasiment jamais de survivant.

Ce mutilé qui lui faisait dorénavant face, et qui n'avait pas jugé nécessaire de le remercier au moment où il s'installait, avait de plus décidé de le fixer du regard sans discontinuer, ce qui mettait Firmin mal à l'aise. Ce pauvre homme souffrait probablement aussi de problèmes psychiques.

Comme nombre d'anciens combattants, Firmin avait aussi quelques soucis, car il rêvait encore souvent, durant son sommeil, aux moments d'angoisses effroyables qu'il avait vécus à son poste de mitrailleur situé sur le sommet du dirigeable. Lorsque, au-dessus de leur objectif les défenses antiaériennes et les avions ennemis prenaient pour cible l'immense aérostat illuminé en plein ciel par le croisement des puissants projecteurs et les explosions d'obus, le danger était à son maximum.

Le wagon étant bondé, Firmin n'avait pu changer de place pour se soustraire au regard si dérangeant de son voisin. C'est donc avec un grand soulagement qu'il descendit à la station de la place Kléber laissant, dans l'omnibus qui s'en allait, le pauvre homme et les sombres pensées qu'il lui avait inspirées.

6

Dès son arrivée, Firmin se rendit compte que Hubes n'avait d'autre choix que de s'accommoder de son diminutif, puisque tout le service l'appelait déjà ainsi et que lui et Goges avaient visiblement décidé d'enterrer la hache de guerre. Il était évidemment dans l'intérêt des deux inspecteurs et de toute la brigade que cet incident passé soit oublié au plus vite.

Le plaisantin de la veille, arborant à présent son air le plus sérieux, s'était visiblement mis en tête d'aider son nouveau collègue en l'éclairant sur la composition du tissu politique local, très différent de celui du reste de la France. Les petits sourires en coin que s'échangeaient les Alsaciens du service auraient pu trahir Goges qui n'arrivait vraiment pas à mettre un terme à ses facéties, mais leur discrétion empêcha tal *de Franzos* (le Français) d'en prendre conscience.

Après quelques minutes d'explications très denses, voyant que son auditeur avait visiblement toutes les peines à assimiler l'avalanche d'informations sous lesquelles il l'ensevelissait – et pour cause, puisqu'il avait pris grand soin de les rendre très touffues – il s'empara d'une feuille et de son stylo-plume :

— Regarde Hubes, je vais tout recommencer du début. Tu vas voir, ce n'est pas aussi compliqué que ça en a l'air.

Traçant un premier cercle à gauche, il inscrivit à l'intérieur Section française de l'internationale ouvrière SFIO, puis dans un deuxième cercle, à droite, Union populaire républicaine UPR, et dans celui au milieu, Parti républicain-démocrate PRD.

— Voilà les trois grandes tendances politiques qui existaient en Alsace après son rattachement à la France le 28 juin 1919.

Puis, tandis qu'il continuait à donner ses explications, il remplissait en même temps son graphique d'une écriture rapide, par moment presque illisible, rajoutant par-ci par-là des traits et des cercles censés en améliorer la compréhension.

— Le plus puissant des trois partis était l'UPR, constitué majoritairement de catholiques, le PRD est principalement protestant, tandis que les adhérents du SFIO ont tendance à ne croire en rien, ou en ce qui les arrange.

Hubes s'étonna de ce brassage entre la politique et la religion, qu'il considérait d'un autre temps puisqu'il n'existait plus en France depuis plus de deux décennies. Décidé à n'en rien laisser paraître, il prit le parti de ne pas interrompre son nouvel ami.

— Ces trois factions s'affrontent avec beaucoup de force sur un point fondamental ; la SFIO voudrait introduire au plus vite les lois républicaines dans notre région, l'UPR y est totalement opposée et le PRD, fidèle à son image centriste, est partisan d'une solution intermédiaire, une espèce de « oui, mais », dont personne ne connaît réellement les détails. Tout ça est d'autant plus compliqué qu'ils ne sont pas toujours d'accord entre eux, au sein du même parti.

Pour matérialiser sa dernière phrase, Goges traça de nombreux petits cercles dans les trois grandes ellipses, ce qui en rendait le texte difficilement lisible. Hubes, dans l'idée de conserver ce document, regretta cette manœuvre, mais s'abstint de tout commentaire.

— C'est là que les *Iwergscheidebariserkoepf* (les cerveaux parisiens super-intelligents) – il accompagna ce dernier mot en écartant lentement les mains de part et d'autre de la tête pendant qu'il gonflait ses joues et ouvrait de grands yeux, comme si sa caboche allait éclater – eurent le sentiment d'avoir une excellente idée pour parvenir à leurs fins : « Soyons rusés, allons-y par étapes, ainsi les Alsaciens ne verront rien venir et quand ils s'en rendront compte, le tour sera joué ».

Hubes fut très surpris du qualificatif peu flatteur que son collègue utilisait pour nommer les autorités du pays qui l'employaient pourtant et lui versaient son salaire.

— Le 9 septembre 1920, un décret donne naissance au Conseil consultatif d'Alsace et de Lorraine, dans l'idée de regrouper toutes les factions et leurs motifs d'insatisfaction sous une bannière unique et de favoriser les tractations pour la mise en place de la départementalisation. *Verstehsch de Coup* (expression mi-alsacienne, mi-française, qui peut se traduire par : tu saisis la subtilité) ?

Un clin d'œil très prononcé vint renforcer cette dernière phrase, dans l'éventualité où son allusion n'aurait pas été assez claire.

— Je suppose que tu as bien compris, puisque tu es Parisien aussi – petit sourire entendu – que les Parisiens comptaient user ou non des recommandations de ce conseil, au cas par cas, selon ce qui les arrangerait.

Hubert de la Grange n'était pas parisien, mais originaire de Châtenay-Malabry, comme tous les de la Grange de la branche aînée au demeurant, mais à quoi bon s'attarder sur ce point de détail, l'Alsacien n'en saisirait pas la nuance.

— Malheureusement, les choses n'allaient pas se passer de la manière dont le gouvernement le souhaitait. Si l'UPR et le PRD étaient plutôt favorables à cette nouvelle institution, la SFIO et les radicaux auxquels elle devait pourtant faciliter la tâche, puisqu'ils penchaient du côté de Paris, y étaient totalement opposés. C'était le monde à l'envers. Et, comme son nom l'indique, ce conseil n'étant que consultatif, donc une baudruche remplie d'air, elle s'avéra finalement un sujet de discorde supplémentaire, rien de plus, avant de disparaître, pffuitt !

Imitant le sifflement d'un ballon qui se dégonfle, Goges barra nerveusement sur la feuille le nom du Conseil qu'il avait écrit en grand pour que celui-ci soit proportionnel à l'espoir des Parisiens. L'amplitude de son geste trahissait sa satisfaction face à leur déception.

Hubes, de plus en plus inquiet, commençait à se dire que s'il y avait un lieu au monde où l'on appréciait les situations inextricables, ce devait être, à son grand dam, précisément à l'endroit de sa nouvelle affection. Et pourtant, il n'était pas au bout de ses surprises, car Goges reprit de plus belle :

— Toutes les cartes ont été rebattues par les élections départementales de 1924 où un cartel des gauches a obtenu trois députés sur neuf dans le Bas-Rhin. Sentant, après ce résultat des urnes, le moment opportun, le président du conseil, Édouard Herriot, voulut passer en force l'instauration des lois républicaines en Alsace.

Le narrateur asséna à ce moment-là un grand coup du plat de la main sur la table qui fit sursauter tout l'auditoire.

— Mal lui en a pris ! Le piètre stratège avait ouvert la boîte de Pandore par son initiative malheureuse. Pour le contrer, un Comité d'action et de défense des libertés vit instantanément le jour en Alsace sous l'action conjointe de l'UPR et de l'évêque de Strasbourg.

Le gribouillage avait repris sur la feuille et s'y ajoutaient maintenant les nouveaux acteurs.

— Les grèves et les manifestations ne parvenant pas à repousser cette offensive du pouvoir central, les membres de l'aile dure de l'UPR s'arc-boutèrent en donnant naissance, en 1925, à un journal autonomiste qu'ils nommèrent *Die Zukuntf* (L'Avenir). Dans la continuité, apparut l'année suivante le parti du *Heimatbund,* également nommé Ligue pour la petite patrie, auquel l'UPR pourtant en première ligne dans ce combat était plutôt opposée. Face aux sanctions du gouvernement, les anciens ennemis jurés, l'UPR et la SFIO, devenue entretemps le Parti communiste, s'unirent pour faire bloc. Le *Heimatbund* périclita dès l'année suivante, mais un peu comme l'hydre de Lerne, en disparaissant, il donna naissance à deux partis autonomistes, le *Fortschrittspartei* (le Parti du progrès) et l'*Unabhängige Landespartei für Elsass-Lothringen* (le Parti régional indépendant pour l'Alsace-Lorraine).

« À tes souhaits » s'était dit Hubert en se pinçant les lèvres pour ne pas se trahir, en apprenant les noms à coucher dehors de ces deux partis.

Après toute cette agitation accompagnée de grands coups de stylo-plume aux quatre coins de la feuille, un grand silence prit brusquement possession des lieux. Toutes les personnes présentes dans la pièce étaient pendues aux lèvres du narrateur. Celui-ci prit un ton solennel, tel un dramaturge antique, pour dire :

— Et c'est là que nous, la police, entrons en jeu.

Nouveau silence, puis le flot de paroles reprit :

— Sur ordre de notre hiérarchie, nous avons procédé à des arrestations et des perquisitions par centaines, chez des autonomistes, mais également chez des membres de l'UPR, ainsi que dans les locaux d'une certaine presse. Tout notre travail aboutit finalement à un procès qui s'est déroulé l'année dernière à Colmar et que nombre d'Alsaciens qualifièrent de grotesque. Les pièces à conviction étaient principalement composées de bric et de broc. Et comble du comble, survinrent à ce moment les résultats des élections législatives, où furent élus des inculpés qui, derrière les barreaux, ne s'en réjouirent qu'à moitié. Lorsque les verdicts tombèrent, ils s'avérèrent très lourds. Malgré l'absence de preuves, deux députés nouvellement élus furent déchus de leur mandat, en dépit d'une grâce présidentielle qui leur avait pourtant été accordée. Où était la justice dans tout ça ?

Goges, parvenu enfin à la fin de ses explications, tendit sa page pleine de gribouillis à un Hubes qui hésita avant de s'en saisir, et conclut de manière sentencieuse :

— Voilà où nous en sommes à ce jour dans le domaine politique en Alsace. J'aurais bien voulu faire plus simple, mais ça n'a malheureusement pas été possible.

Pour assister à ce numéro de haut vol du boute-en-train du service, alliant avec aisance des éléments très sérieux à un sens inné de la plaisanterie, tout le bureau s'était arrêté de travailler. Plus un bruit n'émanait des machines à écrire. Le téléphone sonnait dans le vide. Et les personnes étrangères, de passage dans le service, étaient pétrifiées sur place, prises sous le charme de l'orateur.

Pour un peu, l'auditoire se serait mis à applaudir un Goges, pas peu fier de s'être payé la tête de son collègue avec tant de subtilité, en le faisant passer pour un ignorant. Ce dernier aurait même pu avoir envie de le remercier pour sa gentillesse !

Cette pensée n'était cependant pas venue à l'esprit de Hubes, trop occupé à regarder de manière circonspecte la feuille de papier presque totalement annotée qu'il tenait à la main, tout en se demandant si le numéro auquel il venait d'assister était du lard ou du cochon.

Firmin, ayant parfaitement lu dans ses pensées, lui ôta tout doute :

— Les explications qu'il vient de te donner peuvent te paraître totalement farfelues, mais tu peux me croire, tout est vrai !

7

Un passager du tramway, debout en face de Firmin, lisait l'édition du jour de *L'Elsässer*. Le journal largement déplié cachait tout le haut de son corps et ne laissait apparaître que son chapeau. Le *Stockfelder* décida de profiter de cette aubaine. Après s'être approché, il se positionna bien en face du lecteur et se baissa légèrement, de manière à pouvoir prendre connaissance de la une du journal en toute discrétion et à moindre coût. Cela rompit la monotonie de son trajet quotidien jusqu'au centre-ville et il ne prêta cette fois-ci aucune attention aux habituels sujets d'intérêt qui jalonnaient le parcours.

Dans cette édition du 9 août, il était à nouveau question du sort de l'Allemagne. Depuis trois jours se tenait une conférence à La Haye où les puissances européennes réunies débattaient de son sort, de sa dette de guerre et des forces étrangères qui stationnaient sur son territoire. Les points de vue de la France y étaient défendus par le tout nouveau président du conseil, Aristide Briand. Visiblement, celui-ci avait fort à faire face aux représentants des autres nations et, tout particulièrement, à la délégation du Royaume-Uni.

C'était un bien curieux sentiment tout de même que ressentait l'Alsacien : s'être battu pendant quatre ans, au péril de sa vie, pour son pays, sa patrie, pour connaître finalement le goût amer de la défaite, avant de se retrouver subitement du côté des vainqueurs face à cette même nation, dont il avait d'abord tant pleuré le sort.

Sur la colonne de droite, le journal affichait un titre que Firmin avait déjà lu à plusieurs reprises dans les numéros précédents : *Der Rückflug des Zeppelin* (le retour du Zeppelin).

De la grandeur passée du *Zweite Reich* (Second Empire allemand), il ne restait plus que des miettes. Se sentant perpétuellement foulé au pied par leurs vainqueurs, le peuple vaincu s'accrochait à tout ce qui pouvait lui apporter le moindre sentiment de fierté.

Ainsi, les événements sportifs apportèrent-ils aux Allemands quelques satisfactions à même de les aider à panser un peu leurs plaies. Bannis des Jeux olympiques de 1920 à Anvers, et de ceux de 1924 à Paris, les athlètes allemands purent à nouveau se confronter à l'élite mondiale aux Jeux de 1928, qui se déroulèrent à Amsterdam. Pendant cette décennie, durant laquelle les sportifs de la République de Weimar avaient été mis au ban des nations, ils s'étaient affrontés entre eux et les nouvelles disciplines de sports mécaniques rencontrant un succès croissant virent venir sur les circuits du *Sachsenring* ou du *Nürburgring* un public de plus en plus nombreux à chaque course.

D'une manière très similaire, le dirigeable que le quotidien appelait simplement « *der Zeppelin* », sans plus de précision, qui parvenait à relier les continents en un temps record, mettait beaucoup de baume au cœur de cette nation éprise de technologie comme peu d'autres au monde.

Interdite de construction d'aéronefs de grande taille depuis la fin de la guerre, l'Allemagne vit des pays tels que le Royaume-Uni, les États-Unis et dans une moindre mesure l'Italie et la France tenter de perfectionner, avec plus ou moins de réussite, la technique de construction des Zeppelins dont les derniers exemplaires avaient été confisqués à la nation vaincue au titre des indemnités de guerre. Des records de distance furent accomplis et plusieurs endroits du globe survolés pour la première fois, mais la fiabilité de ces engins laissait à désirer. Des accidents au fort retentissement médiatique, coûtant la vie à de nombreux aérostiers, poussèrent la plupart des pays à abandonner leurs recherches dans ce domaine.

L'Allemagne, ayant obtenu en 1925 l'autorisation de construire à nouveau de grands dirigeables, se lança aussitôt dans l'aventure malgré sa mauvaise situation économique. Trois ans plus tard, sortit du hangar de Friedrichshafen le *Luftschiff Zeppelin* 127 ou LZ 127, le plus grand aéronef jamais construit, d'une longueur de 232 mètres et d'une hauteur de 33 mètres. Il fut baptisé *Graf Zeppelin* (comte Zeppelin) en mémoire du fondateur de l'entreprise de construction aéronavale, Ferdinand von Zeppelin. Son enveloppe revêtue d'aluminium lui donnait une allure splendide aux couleurs changeantes, brillant de mille feux sous les rayons du soleil.

Destiné au transport de passagers, ce monumental paquebot des airs faisait étalage de ses performances et preuve de sa fiabilité pour séduire sa clientèle, en accomplissant divers périples qui firent systématiquement la une des journaux allemands. *L'Elsässer*, pourtant devenu journal français avec pour sous-titre *L'Alsacien*, ne dérogeait pas à cette règle en étant aussi dithyrambique que la presse de ses anciens compatriotes d'outre-Rhin.

Ainsi, depuis quelques mois, les journaux titraient régulièrement : *Der Rückflug des Zeppelin, Der Zeppelin kehrt zurück, Heimfahrt des Zeppelin* (vol retour du Zeppelin, le Zeppelin s'en revient, le Zeppelin rentre chez lui) lorsque le LZ 127 revenait au bercail après avoir accompli un de ses exploits.

Le lecteur, refermant les deux pans de son journal pour le rouvrir à la page suivante, fut étonné de voir cette grande perche qui s'était progressivement accroupie devant lui, brusquement tirée de ses pensées par le geste qu'il venait d'effectuer. Surpris, le *Stockfelder* se redressa immédiatement et se tourna dans une autre direction pour adopter une attitude nonchalante. Bien lui en prit de s'être fait sortir de sa rêverie, puisque, pour un peu, il avait bien failli rater son arrêt.

Revenu sur terre, Firmin alla se procurer aussitôt un exemplaire du journal à un kiosque. En tant qu'ancien aérostier, cet article, dont il n'avait pris connaissance que du seul titre, l'intéressait beaucoup. Arrivé au commissariat, il posa le journal sur son bureau pour entamer une journée de travail qu'il imaginait déjà semblable aux autres.

La canicule faisant toujours peser une chape de plomb sur la ville, les délits y étaient quasiment inexistants. Il y avait bien quelques interventions pour les policiers municipaux, mais rien de bien grave ni de nature à mettre la Brigade du Tigre en alerte.

Dans cette ambiance atone, les membres du service vaquaient à quelques occupations sans grand intérêt lorsqu'elles ne s'apparentaient pas carrément à des distractions. Firmin laissa sa machine de côté pour s'adonner à du classement, tandis que Gustave Wagner, Joseph Fischer et Marinette Muller s'affrontaient dans un concours de lancer de trombones dans le cendrier. Chaque tentative générait son lot d'interjections, suivies de commentaires enjoués. Théodore Dupont et André Constantin riaient comme des bossus dans leur coin en échangeant des contrepèteries, distraction à laquelle les Alsaciens ne comprenaient rien… absolument rien du tout ! Les fonctionnaires des autres services venaient à tour de rôle pour bavarder, parfois se plaindre de leur chef ou d'un collègue. Hubes avait ressorti la feuille de Goges du tiroir de son bureau où il l'avait soigneusement rangée, pour tenter de se remémorer l'avalanche d'explications.

En le voyant plongé dans son œuvre, l'artiste lui proposa gentiment son aide :

— Ce ne sont bien évidemment que les grandes lignes, si tu veux que j'approfondisse le sujet, il suffit de le dire.

— Non, non, merci, déclina le Parisien, je vais déjà essayer de comprendre tout ça.

Soudain, la porte s'ouvrit, figeant chacun dans sa position. Debout dans l'encadrement, le commissaire divisionnaire Marcel Martin annonça à la cantonade :

— Messieurs, au travail, nos collègues de la municipale viennent de me signaler un meurtre.

8

Une paire de lunettes en écaille de tortue, à grands carreaux épais comme des loupes, était posée complètement de travers sur le nez. Un des verres s'était fendu en étoile, probablement au moment de la chute. Avec ses rares cheveux tirés en arrière, un complet rayé, d'une confection correcte, mais sans être soignée, des chaussures noires à guêtres blanches du dernier chic chez les gogos, ce petit bonhomme d'une cinquantaine d'années avait tout à fait l'apparence du rond de cuir qui passait ses journées à jouer l'employé modèle derrière son bureau et qui, le soir, tombait le masque dans les bordels de Strasbourg.

Client de putains, pour sûr, ce type de profil s'entichait en règle générale d'une fille et n'en voulait aucune autre les jours où sa michetonneuse se disait indisposée. Si ce genre de client était considéré pour sa constance et sa générosité comme une aubaine par le maquereau ou la maquerelle, il pouvait devenir un véritable problème lorsqu'il prenait subitement conscience qu'il n'était pas le seul homme à partager ses ardeurs intimes avec l'élue de son cœur.

Souvent, la rupture prenait alors une tournure dramatique. Le proxénète devait jouer des muscles pour défendre la pauvre innocente qui feignait de ne pas comprendre ce qui lui arrivait. Dans d'autres cas, les événements se retournaient contre le souteneur ; celui-ci devait alors user de toute son influence pour ne pas perdre son gagne-pain qui cherchait à lui glisser entre les mains pour se refaire ailleurs, au bras de son pigeon, une moralité très éloignée de son passé.

En tout état de cause, la *Làngstross* (Grand rue) de Strasbourg n'avait pas volé sa réputation sulfureuse. Elle était régulièrement le théâtre de ces pathétiques drames sentimentaux auxquels se rajoutaient le lot commun de rixes sur fond d'alcool et de bagarres déclenchées par des clients mécontents d'une prestation.

Ce crime s'inscrivant dans les grands standards enseignés dans les écoles de police, Georges Schmidt et Hubert de la Grange, les inspecteurs dépêchés sur place, eurent d'emblée la conviction que l'affaire serait très rapidement tirée au clair.

Les éléments utiles à l'enquête furent soigneusement relevés dans les règles de l'art par les deux fonctionnaires. Les indices n'étaient malheureusement pas très nombreux. Goges prit la scène de crime sous tous les angles avec le tout nouvel appareil photographique dont la brigade venait de s'équiper. Le fonctionnement de ce Rolleiflex ne lui étant pas encore familier, il sua à grosses gouttes avant de parvenir enfin à immortaliser de manière acceptable le cadavre sur la pellicule.

La victime avait été trouvée il y a une heure à peine, allongée de tout son long, après avoir passé une partie de la nuit face contre terre dans l'arrière-cour d'un hôtel borgne. Une balle avait traversé sa poitrine de part en part, à l'emplacement précis du cœur et une vilaine tache de sang sur sa veste bleue, telle une fleur pourrie à la boutonnière, ternissait l'élégance ringarde de son costume. Son portefeuille, également troué par le projectile, avait été jeté négligemment dans un coin après avoir été vidé de son contenu, sans doute par l'assassin.

L'enquête de voisinage s'était achevée avant d'avoir commencé. Dans cette rue étroite où il y a du monde en permanence sur le trottoir, derrière les portes et les volets, personne n'avait rien vu ni entendu. Le nombre d'aveugles et de sourds vivant là donnait littéralement le tournis aux représentants des forces de l'ordre.

Pour identifier la victime, rien ne servirait de se lancer dans un examen méticuleux du cadavre pour y trouver un quelconque indice permettant de remonter une piste jalonnée d'une kyrielle d'énigmes à résoudre avant d'arriver au bout. Cette méthode aboutissait à des résultats uniquement dans ces polars stupides, pourtant très en vogue, écrits par Arthur Conan Doyle, Agatha Christie ou Gaston Leroux qui donnaient à croire qu'il fallait être doué d'un esprit de déduction et d'une persévérance hors du commun pour exercer le métier d'enquêteur. Il faut reconnaître que les personnes se faisant tuer avec un bon du teinturier ou la clé d'un coffre privé de banque dans la poche n'étaient pas légion à Strasbourg. Bien loin de tout ce folklore, il suffisait le plus simplement du monde d'attendre tranquillement durant quelques jours qu'une disparition inquiétante soit signalée dans un commissariat de la ville.

Et pour comprendre les circonstances du drame, toujours pas de méthode digne de Sherlock Holmes, Hercule Poirot ou Rouletabille, qui ont pour habitude de trouver le coupable à l'aide d'un cheveu ou d'un mégot de cigarette retrouvé par terre. Les assassins alsaciens n'ayant pas particulièrement de problèmes capillaires et s'abstenant généralement de fumer pendant leur sombre besogne, ces méthodes étaient totalement vaines dans les enquêtes locales.

Là aussi, il fallait s'armer de patience. Dans peu de temps, les langues allaient se délier. Contre une information en retour, un service rendu en toute discrétion en marge du Code Napoléon ou une certaine tolérance dans une affaire en cours, la loi du silence serait rompue. Le secret connu par toute la population ayant dans la *Làngstross* un fond non répertorié au Registre du commerce servirait rapidement de monnaie d'échange à un individu louche qui s'empresserait de saisir l'aubaine avant qu'un autre ne le fasse avant lui.

Il n'était d'ailleurs pas rare, lorsque le coupable n'était pas du milieu, d'assister au commissariat à un défilé de fleurs de pavés, de julots et de tôliers pour une même affaire. N'étant pas soumis à la loi du silence puisque l'assassin n'était pas un des leurs, ils venaient balancer tout ce qu'ils savaient et même davantage, comme de bons paroissiens à l'âme chargée se rendant à confesse.

9

De retour au commissariat, les deux enquêteurs allèrent immédiatement rendre compte à leur chef, avant de remettre l'appareil photo au labo et transmettre leurs notes à Firmin afin qu'il rédige le rapport.

Cette affaire de mœurs n'était pas de nature à mettre les Brigades du Tigre en émoi. Hormis le cliquetis de la machine à écrire sur laquelle tapait frénétiquement le *Stockfelder*, la fin de la journée de travail se déroula de façon identique aux précédentes.

Marinette Muller s'occupait de sa manucure et Gustave Wagner et Joseph Fischer ne jouaient plus qu'à deux au lancer de trombones. Théodore Dupont et André Constantin, les contrepèteurs, avaient changé de discipline et discutaient entre eux en javanais à bâton rompu, une distraction tout aussi incompréhensible et donc imbécile pour les Alsaciens.

Goges, qui se sentait depuis quelques jours une âme d'enseignant, dispensait à nouveau des cours à son fidèle élève Hubes. La matière dans laquelle il avait décidé de prodiguer son savoir était le dialecte alsacien.

Pour mettre son élève en confiance, il commença par lui apprendre les termes les plus usités tels que bonjour, au revoir, s'il vous plaît, merci, excusez-moi et ainsi de suite. Mais, petit à petit, il dévia pour laisser libre cours à son caractère farceur. Tout d'abord, il aborda le sujet des gros mots, toujours bons à connaître pour comprendre une discussion dans l'idiome local, aussi trivial qu'imagé. Puis il donna des traductions de plus en plus farfelues à des termes anodins, qui faisaient rire sous cape les athlètes du lancer de trombones, dont l'habileté s'en trouvait altérée, et déborder le vernis à ongles sur les doigts de Marinette, jusqu'à prétendre que *Leck mich àm Ársch* (lèche moi le cul, une des insultes favorites des Alsaciens) voulait dire « Bonjour, chef adoré ».

Hubes, ayant cerné depuis son arrivée dans la brigade le caractère du binôme avec lequel il avait effectué sa première mission sur le terrain, feignit la naïveté, bien qu'il se doutât qu'il y avait anguille sous roche.

Sitôt la leçon arrivée à son terme, l'élève se rendit le plus innocemment du monde dans le bureau du divisionnaire, pour y faire étalage de ses connaissances linguistiques fraîchement acquises. En entendant sa nouvelle recrue lui dire *Leck mich àm Ársch* avec un grand sourire, le sang de Marcel Martin ne fit qu'un tour. Connaissant son équipe sur le bout des doigts, il savait parfaitement d'où ce *Franzos* tenait cette phrase en alsacien et lui ordonna :

— Dis à Goges que je veux le voir immédiatement.

Hubert de la Grange ne manquait pas non plus de fantaisie, malgré son air d'aristocrate pincé. De retour à son bureau, il en informa son collègue, en prenant soin d'y rajouter sa touche personnelle :

— Le chef m'a dit de te dire qu'il voulait te voir de suite. Il m'a semblé comprendre qu'il a lu ton rapport de ce matin que vient de lui remettre Firmin et souhaitait te féliciter pour ton bon boulot. Goges, ne se doutant de rien, sortit de la pièce, le pas léger, la tête haute et un grand sourire aux lèvres pour aller chercher sa récompense auprès de son supérieur.

Malgré l'épaisseur des murs, des éclats de voix parvinrent jusqu'aux oreilles des membres du service, preuve que la mise au clair se faisait avec beaucoup de conviction. Hubes eut un petit pincement au cœur pour son collègue qui se trouvait par sa faute sous un feu nourri de reproches qu'il n'avait pas vu venir. L'entretien ne s'éternisa pas au-delà d'une dizaine de minutes, mais pour une personne se faisant tancer avec tant de véhémence, dix minutes paraissent très longues.

— Pauvre Goges !

Dès la fin de l'entretien, l'inspecteur Georges Schmidt réapparut, les oreilles passablement rabattues s'installa à son bureau et ne desserra plus les dents jusqu'à son départ à dix-huit heures tapantes.

Hubes avait hésité à plusieurs reprises à demander à son camarade si ça allait, mais, considérant que c'était pousser le bouchon trop loin, il s'en abstint et potassa les notes qu'il avait prises durant sa première leçon d'alsacien.

Marcel Martin n'était pas ce que l'on pourrait appeler un chef autoritaire. Il avait même un humour pince-sans-rire dont il usait régulièrement pour se faire apprécier par son service. Mais, soucieux de la cohésion de sa brigade, il souhaitait que ce nouvel arrivant trouve sa place dans l'équipe, contrairement à ses prédécesseurs repartis aussi vite qu'ils étaient venus.

Après des années de tâtonnement, le divisionnaire était enfin parvenu à constituer une équipe stable et compétente, dont Hubert constituait le dernier élément qui lui faisait encore défaut.

Il comptait dorénavant dans son effectif, avec Hubes, Théodore Dupont et André Constantin, trois inspecteurs français de tout premier ordre. Théodore et André, aussi grands et athlétiques l'un que l'autre, se ressemblaient au point qu'ils étaient souvent pris pour des frères. Arrivés le même jour en Alsace sans qu'ils se connaissent, il y a deux ans, ils semblaient s'y plaire. Du moins, cette longévité de vingt-quatre mois, inédite auparavant dans le service pour des parachutés parisiens, laissait penser à Marcel qu'ils y avaient fait leur trou. L'amitié qui s'était forgée entre eux, dans cette sorte d'adversité que ressentaient les nouveaux venus dans la région, les avait probablement aidés durant les premiers temps.

Gustave Wagner, Joseph Fischer et Georges Schmidt, le trio d'inspecteurs alsaciens, avaient une tout autre morphologie que leurs confrères de l'intérieur. Trapus et larges d'épaules, ils semblaient plus aptes au combat au corps à corps qu'à la course à pied. Georges Schmidt alias Goges, le moins charpenté des trois, compensait ce handicap par une grande vivacité d'esprit. À l'opposé, Gustave Wagner, que le milieu strasbourgeois avait surnommé Bouboule, possédait le plus beau palmarès de malfrats ramenés au commissariat avec des côtes cassées, épaule démise ou parfois même inconscients, terrassés par le poing du colosse pris en pleine poire après avoir refusé d'obtempérer. *Dura lex, sed lex* (dure est la loi, mais c'est la loi) telle était la devise que lui avaient trouvée Théodore et André en découvrant les méthodes peu académiques dont il usait pour faire respecter l'ordre.

Avec Firmin Ochsenschwanz en soutien, lorsque la brigade apparaissait au grand complet, ces sept gaillards et leur chef savaient se faire respecter dans les endroits les plus mal famés de la ville.

Le dernier membre du service, Marinette Muller, était un petit brin de femme discret et toujours de bonne humeur. Cette brunette, qui passait beaucoup de temps chaque matin dans sa salle de bain pour se coiffer et lisser soigneusement les trois accroche-cœurs sur son front, était toujours tirée à quatre épingles. D'aussi bonne composition que Firmin, ils s'entendaient à merveille pour se répartir les tâches qui leur incombaient.

En marge de ses fonctions administratives, les interventions tout en délicatesse de cette jeune dame, lors des interrogatoires, parvenaient souvent à délier des langues récalcitrantes, là où ses collègues, fiers à bras, n'avaient pas obtenus de résultats.

10

Le lendemain matin, dans le couloir du commissariat, Firmin tomba nez à nez, devant l'entrée de son service, avec une créature issue d'un monde totalement différent du sien. Il en connaissait évidemment l'existence, mais n'avait jamais osé s'en approcher.

Au premier regard, malgré ses yeux rougis d'avoir beaucoup pleuré et sa tenue des plus conventionnelles, il reconnut une de ces jeunes femmes qui faisaient commerce de leurs charmes. Le *Stockfelder*, d'habitude plutôt dégourdi, avait perdu tous ses moyens. Ne sachant plus que dire ni que faire, il resta debout devant cette apparition durant quelques secondes, comme s'il avait été changé en statue de sel. Un coup de coude, savamment administré dans les côtes par sa collègue arrivée sur ses talons, le ramena brusquement sur terre.

— Ah, bonjour Marinette, ça va ?

— Très bien merci, mais toi tu n'as pas l'air très réveillé ce matin.

— Si, si ça va très bien.

La jeune femme décida de prendre les choses en main, tandis que Firmin, qui frottait avec insistance l'endroit douloureux, avait, malgré ce traitement administré sans ménagement, encore quelques peines à retrouver ses esprits.

— Bonjour madame, comment pouvons-nous vous être utiles ?

— Bonjour mademoiselle, je souhaiterais pouvoir m'entretenir avec les deux inspecteurs qui sont venus enquêter hier sur un meurtre, Grand rue.

— Très bien, je vous demanderais de bien vouloir prendre place pour patienter un instant, je vais voir si ces messieurs sont déjà arrivés.

Avant de passer la porte du service, Marinette adressa un petit clin d'œil à son collègue en lui chuchotant :

— Tu vois, ce n'est pas plus compliqué que ça.

La dame suivit le conseil qui lui avait été donné et s'assit sur le banc faisant office de salle d'attente devant les bureaux de la Brigade régionale de police mobile. Visiblement tendue et apeurée, tenant fermement des deux mains son petit sac à main posé sur les cuisses, elle semblait prête à se sauver à toutes jambes d'un instant à l'autre. Craignant d'être reconnue par une personne de son entourage qui pourrait la dénoncer, elle jetait des regards nerveux de droite à gauche, trouvant aux personnes déambulant dans ce couloir des mines plus patibulaires les unes que les autres.

Ces « Messieurs » étaient bien présents, mais malgré l'heure précoce, visiblement déjà en froid l'un avec l'autre. Chacun boudait à sa place, comme deux sales gosses. La jeune secrétaire apprit par la bouche de Bouboule que Goges avait pris la mouche, lorsque Hubes l'avait salué à son arrivée par un somptueux *Leck mich àm Ársch* des plus révérencieux, comme s'il n'en connaissait pas encore le vrai sens.

Les éclats de rire, auxquels participèrent même les francophones Théodore et André, vexèrent profondément l'Alsacien qui ne s'était pas encore entièrement remis de la volée de bois vert reçue la veille. Face à cette réaction à laquelle il ne s'attendait pas, le Parisien se froissa tout autant, déplorant que son collègue n'ait pas plus le sens de l'autodérision. Et voilà comment un concours de soupe à la grimace avait pris place dès le début de la journée entre ces deux cabochards.

Heureusement, cette fâcherie fut balayée en un instant par l'annonce de Marinette :

— Dites, il y a une personne dans le couloir qui souhaiterait parler aux enquêteurs du crime de la *Làngstross*. Mais avec les têtes que vous faites, je pense qu'il vaut mieux que je lui dise de repasser un autre jour ?

Si, aux yeux du divisionnaire, Georges Schmidt avait un sens de l'humour douteux dont il serait bien inspiré d'user avec plus de parcimonie, il lui reconnaissait aussi la compétence de mener les enquêtes comme aucun autre membre de son service. La prédiction faite sur le lieu du crime que les langues allaient se délier se réalisait déjà, à peine vingt-quatre heures plus tard.

Réconciliés à l'instant, les deux inspecteurs reçurent la jeune dame en présence de Firmin qui avait pour mission de prendre la déposition dans son intégralité en sténographie, afin qu'aucun détail n'échappe par la suite aux deux limiers. Sa présence au début de l'entretien ne fut cependant d'aucune utilité, puisque la jeune femme commença par verser un torrent de larmes avant de parvenir à s'exprimer.

Dès ses premiers mots, après avoir décliné son identité, elle confia aux enquêteurs qu'elle était la personne que la victime venait voir, lorsque le drame s'était produit.

— Connaissez-vous son nom, lui demanda Goges ?

— Pas vraiment, vous savez dans le milieu de la nuit on hésite toujours à donner des informations personnelles de peur que ça se retourne contre soi. Il voulait que je l'appelle Jeannot, mais je ne sais pas si c'était son vrai prénom.

Hubert lui montra le portefeuille troué de part en part par la balle et la paire de lunettes au carreau cassé.

— Est-ce que ces objets appartenaient à la personne que vous connaissiez ?

— Tout à fait. Ils sont bien à lui.

Nouveau torrent de larmes pendant lequel Hubert regarda par la fenêtre, Goges alluma une cigarette et Firmin griffonna patiemment un coin de la feuille de son calepin. Compte tenu de l'état de la jeune dame, les deux inspecteurs ne jugèrent pas utile de lui présenter les photos du cadavre qu'ils avaient amenées avec eux dans une enveloppe.

— Que pouvez-vous nous dire sur les circonstances du drame, demanda l'Alsacien après le passage de l'averse ?

— J'étais dans ma chambre à l'attendre, comme tous les jeudis soir, lorsque j'ai entendu un coup de feu. Même s'il arrive régulièrement d'entendre tirer dans la *Làngstross*, j'ai tout de suite eu un mauvais pressentiment. J'ai enfilé mon manteau et suis sortie pour voir ce qui s'était passé. Arrivée dans la cour où un attroupement de curieux s'était formé, ma copine Minou est venue vers moi, blanche comme un linge, en me disant :

— N'y va pas ma pauvre, c'est ton Jeannot qui est couché là.

À nouveau, les pleurs reprirent abondamment. Ce coup-ci, c'était au tour de Goges de jeter un regard dans la rue tandis que Hubes allumait une cigarette. Firmin reprit distraitement ses gribouillages le temps que la pluie de larmes cesse. Avec l'accalmie, l'interrogatoire reprit :

— Pourquoi aviez-vous eu ce mauvais pressentiment ? Votre client avait-il quelque chose à se reprocher ?

— Encore une fois, je ne sais pas grand-chose de lui, mais il semblait vraiment très préoccupé depuis quelque temps.

— Est-ce que quelqu'un a vu l'assassin ?

— Bébert, le patron du bar d'en face dit qu'il avait vu, après le bruit de la déflagration, un type qu'il ne connaissait pas partir en courant. Mais était-ce le meurtrier, à quoi il ressemblait, par où il est parti, je n'en sais rien.

Voilà un témoin qu'il va falloir aller interroger, se dirent les deux inspecteurs, même s'ils avaient la conviction que celui-ci nierait être au courant de quoi que ce soit.

— Auriez-vous d'autres informations qui puissent nous permettre d'identifier votre client ?

— Pas vraiment, je me souviens l'avoir croisé un jour place Kléber, sans qu'il me reconnaisse et l'avoir suivi par simple curiosité.

— Quand ?

— Je ne sais plus, il y a quelque temps déjà.

— C'est-à-dire il y a trois semaines, il y a six mois ?

— Il y a deux ou trois mois peut-être, je ne sais plus au juste.

— Et alors ?

— Il portait ce jour-là un beau costume, pas celui avec lequel il venait me rendre visite habituellement, et avait une petite mallette de cuir dans la main. Vous savez, comme celles qu'ont les hommes d'affaires.

— Vous l'avez suivi jusqu'à où ?

— En fait, pas très loin. Il était entré dans l'hôtel de ville et je n'ai pas osé passer la porte derrière lui.

— C'est maigre, conclut Hubert, resté sur sa faim avec cette anecdote apparemment d'aucune utilité puisque des centaines de personnes se rendaient chaque jour à la mairie de Strasbourg.

— Je sais, mais je vous promets que je ne sais rien de plus sur lui.

Pour conclure l'entretien, Goges posa la question habituelle :

— Avez-vous quelque chose d'autre à rajouter ?

— Oui, je suis surtout venue vous dire que moi et mon julot, on n'y est pour rien dans cette histoire. Nous l'aimions beaucoup le Jeannot, il était généreux et pas très exigeant.

Une dernière pluie de larmes vint appuyer ses propos. La fille disait probablement la vérité, même s'il fallait toujours se méfier de tout le monde dans le cadre d'une enquête dans un milieu aussi louche. Était-elle aussi bouleversée qu'elle le semblait ? Peut-être que non. Elle avait tout de même assez gardé les pieds sur terre pour lâcher la véritable raison de sa venue :

— Vous savez, j'ai d'autres clients et je n'aimerais pas trop qu'ils sachent que je suis concernée par cette affaire. Vous voyez ce que je veux dire ?

— Ne vous inquiétez pas, la rassura Goges, si tout ce que vous nous avez dit est vrai, et que vous n'avez rien oublié, nous n'allons pas venir mettre le bazar dans vos affaires.

— Merci beaucoup, messieurs.

Ayant reçu de l'inspecteur Schmidt la garantie qu'elle était venue chercher, elle s'en alla le cœur bien plus léger qu'en arrivant.

11

Finalement, la prédiction de Goges ne s'était pas réalisée en totalité. Si une langue s'était effectivement déliée, ce n'était pas pour apprendre aux enquêteurs que les circonstances du meurtre étaient passionnelles, contrairement à son pronostic ; par ailleurs, l'identité de la victime restait un mystère. Les informations récoltées durant cette déposition étaient somme toute très maigres et les deux pages de calepin griffonnées par Firmin en sténographie, selon la méthode Duval, seraient rapidement retranscrites sur sa machine à écrire.

Pendant que le *Stockfelder* se consacrait à ses travaux de dactylographie, les deux inspecteurs effectuèrent un rapide aller-retour à la *Làngstross* pour apprendre par le barman Bébert, dont le bistro faisait face à l'entrée de la cour où s'était déroulé le drame, qu'il n'avait rien vu du tout le soir du meurtre et n'avait jamais prétendu quoi que ce soit à quiconque à ce propos.

Il était évident qu'il mentait, et pour se tirer d'embarras, tentait de faire dévier la conversation en exigeant des deux policiers qu'ils lui indiquent sur le champ le nom de la personne qui leur avait raconté des stupidités pareilles sur son compte. S'emportant de plus en plus face à leur refus, il jura ses grands dieux qu'il saurait rapidement ramener ce mythomane dans le droit chemin pour laver son honneur bafoué. Ce dont les fonctionnaires ne doutaient pas le moins du monde.

En le dévisageant pendant cette conversation en alsacien, à laquelle il ne comprenait pas un mot, Hubert avait le sentiment que ce type s'était tellement entraîné durant sa vie à oublier tout ce qu'il ne devait pas savoir, qu'il y était parvenu à un tel point que son amnésie pouvait bien être réelle.

12

L'après-midi, les deux enquêteurs se rendirent à l'hôtel de ville de Strasbourg en emportant avec eux les photos du cadavre ainsi que les lunettes et le portefeuille qui lui avait appartenu. L'espoir était mince que quelqu'un puisse se souvenir d'un visiteur venu à une date indéterminée, il y a des semaines et peut-être même des mois de ça. Mais ne sait-on jamais ?

Les inspecteurs Georges Schmidt et Hubert de la Grange étaient bien loin de se douter de ce qu'ils allaient découvrir. Dès qu'ils présentèrent au concierge la photo sur laquelle le cadavre était le plus présentable, celui-ci changea brusquement de couleur et devint aussi livide que le mort sur le cliché.

— C'est Jeannot Dietrich, il faut tout de suite prévenir Monsieur le Maire.

Après avoir échangé un bref regard de connivence avec son collègue, Goges lui répondit :

— Faites mon cher, faites, nous avons tout notre temps.

Moins de cinq minutes plus tard, les deux hommes furent introduits auprès du premier magistrat de la ville. Charles Hueber, assis à son bureau, les reçut d'emblée d'une manière très directe, sans souci du protocole, et encore sous le coup de l'émotion qu'il avait ressentie à l'annonce qui lui avait été faite au téléphone par le concierge.

— *Bonchour* messieurs, qu'est-ce que c'est que cette histoire que vous venez me raconter là ?

Avant que les inspecteurs aient pu émettre le moindre semblant de réponse à la question, il s'emporta en tapant des deux poings sur le plateau de son bureau, comme s'ils avaient une part de responsabilité dans la mauvaise nouvelle qu'ils apportaient.

— Ce n'est pas possible, *Gott verdammi* (que Dieu me maudisse), ce n'est *chusste* pas possible !

— Nous sommes sincèrement désolés, Monsieur le Maire, de devoir vous importuner avec une affaire aussi malheureuse, mais il est de notre devoir de vous informer du décès de cette personne que vous semblez connaître et de mener une enquête sur les circonstances qui ont tout l'air d'être celles d'un meurtre.

Hubert trouva que Goges mettait beaucoup de formes pour s'adresser à cet homme qu'il considéra d'emblée comme un personnage fruste, très peu à son goût. Sa première impression fut confirmée lorsque le maire essaya en vain de formuler des phrases en français qui s'avéraient n'avoir ni queue ni tête et dans lesquelles venaient s'immiscer des mots et parfois des expressions entières en alsacien.

Le Parisien n'en savait évidemment rien, mais il était de notoriété publique dans tout Strasbourg que le nouveau maire, qui avait pris ses fonctions il y a moins de trois mois, parlait un français exécrable. Goges n'hésita pas à faire basculer la conversation en alsacien pour mettre son interlocuteur à l'aise et en retirer un maximum d'informations pour le bien de l'enquête.

Comme le matin avec le barman, Hubert dut prendre sur lui pour ne pas interrompre la conversation à tout bout de champ pour demander à son collègue : « Qu'est-ce qu'il dit ? ». C'était très pénible pour lui ! Mais il n'avait d'autre alternative que de faire contre mauvaise fortune bon cœur et d'attendre que Goges lui fasse la traduction par la suite.

Pendant que les deux Alsaciens échangeaient entre eux dans leur langue maternelle, le Parisien en profita pour analyser Charles Hueber sous tous les angles et toutes ses attitudes et mimiques. Par ses observations, il tâchait de comprendre comment un personnage d'aussi peu d'envergure avait bien pu se hisser jusqu'aux plus hautes responsabilités d'une ville qui comptait tout de même plus de 170 000 habitants.

L'interrogatoire commença par la question habituelle :

— Monsieur le maire, pouvez-vous nous dire si vous connaissiez cette personne, en posant sur le bureau la photo qu'il avait présentée au concierge ?

— Oui, c'est Jeannot Dietrich, un de mes collaborateurs. Mais comment ça s'est passé ?

Ignorant la question, en retour, l'inspecteur continua son raisonnement.

— Pouvez-vous nous dire précisément, quelle fonction il occupait au sein de l'équipe municipale ?

— En fait, il ne travaillait pas pour le compte de la ville ; c'était un de mes plus fidèles collaborateurs qui assurait la gestion des finances de mon parti. En quelque sorte, le comptable et trésorier, si vous préférez.

— Jeannot Dietrich était le comptable et le trésorier de l'antenne locale du Parti communiste français ?

— Il l'avait été, mais ne l'était plus. Je ne sais pas si vous lisez les journaux, mais moi et toute mon équipe avons définitivement quitté le PCF suite à notre réunion de la semaine dernière avec Jaques Doriot que le comité central de Paris nous avait envoyé pour une dernière tentative de réconciliation.

— J'ai effectivement eu vent de cette information qui m'avait momentanément échappé, je vous remercie de me rafraîchir la mémoire.

Selon l'estimation de Hubert, le maire devait être vers le milieu de la quarantaine. D'une taille moyenne et d'une corpulence un peu forte, ses cheveux bruns coiffés en arrière laissaient paraître un front proéminent. Une moustache fournie, qui s'étendait d'un bord à l'autre de la bouche, cachait le haut de la lèvre supérieure. Ses joues rebondies de bon vivant donnaient à sa tête une forme massive révélant un caractère entier, sans fioritures.

Goges repris son flot de questions après avoir fait amende honorable :

— Mais il était comptable de quel parti alors, si vous aviez quitté le parti communiste ?

— Avec tous les anciens militants communistes qui m'ont accompagné dans la dissidence, nous avons un projet dont je ne peux malheureusement pas vous révéler les détails, mais en deux mots, Jeannot Dietrich en était le principal artisan.

— Je vois, la victime avait en quelque sorte la charge de créer un parti politique à vous.

— On peut dire ça comme ça.

Aux yeux de Hubert, qui n'avait rien d'autre à faire pour passer le temps que de regarder, le maire, dans son costume brun, ressemblait à un ours gesticulant sans cesse avec ses grosses pattes pendant qu'il s'exprimait presque par des grognements. Très peu sûr de lui, il parvenait de moins en moins à cacher ses émotions. À chaque nouvelle question posée par Goges, il s'immobilisait, prenant durant l'énoncé un air crispé comme s'il avait peur de choir de son piédestal. Puis il s'empressait de reprendre sa pantomime, parlant rapidement, comme s'il craignait de perdre le fil de ses pensées.

— Que pouvez-vous nous dire sur la vie privée de monsieur Dietrich ?

— Jeannot était célibataire, il vivait seul dans un appartement du quai des Bateliers.

Ceci expliquait que personne n'était venu au commissariat pour signaler sa disparition. Tant mieux, se disait Goges, nous n'aurons pas besoin d'apprendre la nouvelle de sa disparition à sa veuve.

— Avait-il peut-être un ou plusieurs ennemis ?

— Pas à ma connaissance, c'est même totalement impossible, Jeannot était une personne très rangée, très comme il faut, au comportement exemplaire…

Pour mettre immédiatement un terme à cette envolée lyrique avant qu'elle ne prenne trop d'altitude, l'inspecteur balança l'information qu'il avait gardée dans sa poche comme un atout dans un jeu de cartes :

— Son cadavre a été retrouvé dans une cour d'hôtel de la *Làngstross*.

— Ce n'est pas possible ! Pas lui.

L'effet fut instantané, Charles Hueber revint aussitôt sur terre avec maladresse, surjouant l'étonnement, un détail qui n'échappa pas aux deux enquêteurs qui l'observaient. De toute évidence, le premier magistrat de la ville n'avait pas l'intention de tout révéler à la police sur ce qu'il savait de son ancien collaborateur.

Devant la tournure de la discussion, voyant l'interrogé perdre pied, le *Franzos* décida d'augmenter encore son malaise en manipulant distraitement les lunettes du défunt, puis en mettant son index dans le trou du portefeuille en observant de manière insistante l'extrémité du doigt qui ressortait de l'autre côté.

Les yeux rivés sur cette scène, le maire répondait de manière de plus en plus évasive à son interlocuteur. La pression devenait insoutenable. Le sang lui montait à la tête, tandis que des sueurs froides le long de son dos le forçaient à se cambrer. Craignant de dévisser totalement, il décida de mettre un terme à l'entretien, congédiant ses deux tortionnaires *ad nutum*, sous prétexte de quelque obligation liée à sa fonction.

Goges, ayant compris qu'il ne tirerait rien de plus de cette conversation fit signe à son collègue qu'il était temps de s'en aller.

Au moment où ils se levèrent pour faire leurs adieux, l'énigme restait entière pour Hubert. L'étude approfondie de ce personnage n'avait mené à rien ; Charles Hueber n'avait définitivement pas l'étoffe d'un maire d'une ville de cette taille. En dernier ressort, il plaça tous ses espoirs en son collègue pour éclairer sa lanterne. Tandis qu'ils descendaient les marches et traversaient le hall d'entrée, ils constatèrent que toutes les personnes sur leur passage les fixaient du regard. Preuve que le concierge n'avait pas perdu de temps pour répandre la nouvelle dans tout l'édifice.

13

Hors de l'hôtel de ville, Goges relata longuement à son collègue la teneur de l'entretien qu'il venait d'avoir. Puis, il lui résuma le parcours politique du nouveau maire au profil si singulier, donnée absolument indispensable pour comprendre dans quel environnement professionnel se trouvait la victime au moment de sa disparition :

— Charles Hueber était au début de sa carrière un ouvrier syndicaliste qui avait progressivement tracé sa voie dans le milieu politique régional. En 1912, sous l'étiquette du SPD, il parvient à se faire élire au *Reichstag* et, deux ans après, il est pour la première fois élu conseiller municipal de Strasbourg. Durant la Grande Guerre, affecté au front de l'ouest, il n'a jamais eu à combattre, ce qui ne l'a pas empêché d'être décoré de la Croix du mérite ! Personne dans son entourage ne lui connaît pourtant de haut fait qui aurait pu lui valoir cette distinction. À la fin du conflit, il fait partie des révolutionnaires strasbourgeois luttant pour une Alsace ni française ni allemande, avant de reprendre une activité syndicale au sein de la CGT, puis d'être élu à nouveau conseiller municipal de la ville. En 1920, il occupe un poste d'influence à la SFIO, qui se fondra dans le Parti communiste. En 1923, il fait durant quatre mois un séjour à la prison de la Santé à Paris, soupçonné d'intelligence avec des agents d'une puissance étrangère.

Il s'en sort bien, puisqu'il obtient la relaxe et parvient même à se faire élire député l'année suivante. À partir de ce moment, il glisse à nouveau vers les milieux autonomistes, ce qui ne l'empêche pas d'intégrer en même temps le comité central du PCF. Et c'est en louvoyant habilement entre les différents partis et mouvances politiques qu'il s'est retrouvé au mois de mai dernier au poste de maire de Strasbourg, où il ne satisfait au final aucune des factions sur lesquelles il s'était appuyé pour arriver à assouvir ses ambitions personnelles.

— En somme, c'est un pitoyable arriviste, sans foi ni loi.

— Exactement, de plus, il est d'une veulerie abominable qui peut le rendre totalement imprévisible lorsqu'il se sent en danger.

— Penses-tu qu'il soit impliqué dans ce meurtre ?

— Honnêtement, ça m'étonnerait. Le maire avait en ce moment trop besoin de son comptable-trésorier, pour le coup homme à tout faire pour le projet qu'il fomentait. Définitivement exclu du PCF, et probablement bientôt en disgrâce auprès des autonomistes, Charles Hueber, fort de sa popularité auprès d'une partie de l'électorat local n'a d'autres alternatives à sa portée, pour continuer à exister dans le paysage politique, que de créer son propre mouvement.

Georges Schmidt marqua un temps d'arrêt dans ses explications avant de conclure :

— Si ce crime est politique, à mon sens le coupable serait plutôt à chercher du côté de ses anciens alliés.

— C'est tout de même inouï, qu'un type qui n'est même pas capable de parler de manière correcte la langue de son pays puisse arriver à un tel poste.

— Tu sais, même lorsqu'il s'exprime en alsacien, il est difficile à comprendre à Strasbourg, parce qu'il parle le haut-rhinois.

— Voilà autre chose, lui répondit le Parisien faisant sous le coup de l'étonnement des yeux ronds comme des billes ; les Alsaciens ne se comprennent même pas tous entre eux. Tu parles d'une gageure que de vouloir mener une enquête dans un pays pareil.

— C'est vrai que chez nous tout est compliqué, le dialecte alsacien peut même varier d'un village à l'autre, mais tu verras tu t'y feras.

— *Leck mich àm Ársch*, ce n'est pas simple du tout.

— Tu vois *Schire Hubes* que tu as déjà fait des progrès. Tu commences déjà à parler comme nous.

14

Ce samedi soir, Firmin arriva un peu en retard à la rencontre hebdomadaire avec ses copains. La réunion entre les deux inspecteurs et le divisionnaire s'était prolongée lorsque ce dernier avait pris conscience que l'enquête risquait de glisser vers le milieu politique, dans lequel il valait mieux évoluer à pas feutrés pour ne pas risquer de commettre d'impair.

Comme à son habitude, le *Stockfelder* avait assisté à cette entrevue pour prendre des notes. Et, à l'issue de celle-ci, alors que ses collègues avaient vidé les lieux pour profiter de leur week-end, il en avait encore tapé le compte rendu à la machine, en cinq exemplaires, une feuille de papier carbone insérée entre chaque page reproduisant sur les pages du dessous les caractères que le ruban encreur de la Continsouza imprimait sur la première d'entre elles.

Ce n'est qu'après avoir posé le rapport dactylographié sur le bureau du commissaire, afin que Marcel Martin n'ait plus qu'à y apposer sa signature lundi matin pour pouvoir le diffuser, qu'il s'en alla à son tour. Avec le sentiment du travail accompli, cher à sa conscience professionnelle, il avait fermé la porte des bureaux des Brigades du Tigre à double tour. Les couloirs du commissariat étaient déserts, mais il entendait émaner d'un bureau les conversations entre les fonctionnaires de la municipale de permanence pour la nuit. Avant d'effectuer leurs rondes dans la ville, ils se sustentaient ensemble en riant de bon cœur.

À son arrivée, Firmin vit un *Coucou des bois* aussi animé que d'habitude. Les serveurs et les serveuses sortaient en file indienne de la cuisine, les bras chargés, pour déposer des plats aux fumets alléchants sous le nez des clients attablés. La chaleur de ce mois d'août asséchant les gosiers plus que d'ordinaire, la tireuse à bière fonctionnait à plein régime. Sans discontinuer, la personne affectée à cette tâche remplissait les verres les uns derrière les autres, sans couper le robinet jusqu'à ce que le fût soit vide. Et tandis qu'un serveur descendait à la hâte à la cave pour procéder au remplacement du tonneau, elle se servait de la seconde tireuse, alternant ainsi les robinets toute la soirée.

Dommage pour le retardataire ; la soirée avait commencé sur les chapeaux de roue. En s'approchant de leur table attitrée, le *Stockfelder* vit que ses camarades ne l'avaient pas attendu. Charele était déjà occupé à faire rire aux éclats Sele et Fredel avec sa manière bien à lui de raconter des histoires. Visiblement ils n'en étaient pas à leur première bière. Il s'installa, commanda *a Humbe* (un demi-litre de bière) pour rattraper son retard au plus vite et se fondit spontanément dans l'ambiance.

Le plombier était déchaîné ; c'était à se demander si la canicule ne lui avait pas mis le cerveau en ébullition. Chacun de ses récits rencontrait plus de succès que le précédent auprès de son auditoire. Il y avait même des tables, à proximité de la leur, où les gens, n'ayant visiblement pas grand-chose à se raconter, préféraient se taire pour l'écouter. Ses amis s'étaient pour l'heure bien peu souciés de démêler le vrai du faux dans ce qu'il racontait. L'essentiel était de bien rire, pour le reste… quelle importance. Tous l'écoutaient lorsqu'il aborda l'histoire suivante :

— Je ne vous ai pas encore raconté mon intervention la plus farfelue de la semaine. Hier, j'ai été appelé d'urgence chez les Roth qui habitent au 35 de l'allée Goldschmidt.

— Je connais ce couple de petits vieux. Ils m'achètent régulièrement des fleurs quand ils vont au cimetière, l'interrompit Fredel.

— Ils ont aussi un compte dans mon agence, rajouta Sele.

— Eh bien, je peux vous dire que ce couple de braves gens, qui achètent des fleurs quand ils vont au cimetière et qui possèdent un compte en banque, a eu hier son lot d'émotion pour l'année. Ils ont, en effet, eu la surprise de découvrir en plein milieu de l'après-midi qu'un sanglier s'était réfugié dans leur cave.

— Non ! s'écria Firmin de stupéfaction.

— Là tu exagères tout de même un peu, renchérit Sele.

— Je vous jure que c'est la vérité. D'ailleurs, vous en entendrez parler autour de vous, puisque tout le voisinage est au courant.

— Si c'est effectivement vrai ce que tu nous chantes là, on en entendra certainement parler. Mais qu'est-ce qu'il faisait là ton sanglier ? demanda Fredel.

— Je pense qu'avec la canicule il a voulu se rafraîchir. La porte de la cave étant restée ouverte pendant que le *Bababa* (grand-père) était occupé dans son jardin, l'animal en avait profité pour y entrer.

— J'ai déjà entendu parler d'un cas similaire, témoigna Sele.

À une table à côté, il y avait également une personne qui avait eu vent d'un sanglier qui s'était introduit dans une maison située en bordure de forêt.

— Et on fait à présent appel à toi Charele, pour déloger les sangliers dans les caves, lui demanda Firmin ?

— Non, pas du tout. En fait, je ne l'ai pas vu ce sanglier. Quand je suis arrivé pour réparer la fuite d'eau qui était en train d'inonder le sous-sol, il était déjà parti.

— C'est de moins en moins clair ce que tu nous racontes, s'étonna de concert l'ensemble de son auditoire.

— En fait, ça s'est passé comme ça. Lorsque la *Mamama* (grand-mère), descendant à la cave pour y chercher une conserve, entendit le sanglier qui grognait d'aise, elle prit ses jambes à son cou et en informa son mari. Ne sachant comment s'y prendre pour sortir cet intrus de chez eux, ils décidèrent de chercher à la rescousse Guscht, le garde-chasse qui habite quelques maisons plus loin en bordure de forêt, presque en face d'ici.

En entendant ce nom de Guscht, les trois amis se mirent à sourire, connaissant parfaitement ce personnage réputé au Stockfeld pour son penchant pour l'alcool.

— À cette heure de l'après-midi et par cette chaleur, Guscht était bien évidemment déjà passablement imbibé. Lorsqu'il descendit dans la cave avec son fusil chargé à la grosse chevrotine, suivi par les deux petits vieux, curieux d'assister au spectacle, la bête surgit de l'ombre où elle était tapie sans qu'il ait eu le temps de la mettre en joue. Chargeant tête baissée, le sanglier renversa tout ce monde qui faisait obstacle à sa liberté et disparut tandis que dans la chute les deux coups du fusil partirent sans qu'aucun ne fasse mouche. Les projectiles s'étaient fichés un peu n'importe où dans la pièce; encore heureux qu'il n'y a pas eu de blessé. Cependant, les dégâts étaient considérables. De nombreuses conserves avaient été pulvérisées, la lessiveuse gisait sur le flan, transpercée en maint endroit et, surtout, la canalisation qui montait au rez-de-chaussée ayant été percée, l'eau en jaillissait dans une immense gerbe.

D'autres tablées s'étant progressivement rajoutées à l'audience, tout un coin du restaurant riait de bon cœur au récit de Charele.

— C'est là qu'on a fait appel à moi, pour réparer le tuyau qui fuyait. Quand je suis arrivé, j'ai trouvé le *Bababa* et la *Mamama* dans leur cave avec de l'eau jusqu'aux genoux, s'évertuant à sauver ce qui pouvait l'être. Guscht, blessé au coccyx dans sa chute, avait disparu, laissant les deux vieux livrés à eux-mêmes. J'ai rapidement réparé la fuite et après avoir écopé tous ensemble, tout est à peu près rentré dans l'ordre.

L'auditoire attendait la chute de l'histoire que Charele leur livra après un court temps d'arrêt.

— Le plus drôle était qu'en descendant dans cette cave toute sens dessus dessous, la grand-mère m'avait accueilli les pieds dans l'eau en me disant :

— *Güge nit* (Ne regardez pas).

— *Wàs soll ich nit güge* (Qu'est-ce que je ne dois pas regarder) ?

— *Mich solle n'r nit angüge* (Moi, vous ne devez pas me regarder).

— *Ja warum soll ich eich nit angüge* (Mais pourquoi, je ne dois pas vous regarder) ?

— *Weje ich mit dem ganze mini Schtrimpfs verloche hab* (Parce qu'avec tout ça, j'ai perdu mes bas).

Une explosion de rires ponctua de manière magistrale la fin du récit, effrayant un couple de petits-bourgeois ayant fait avec leur splendide petite automobile le déplacement depuis la ville pour diner au *Coucou des bois*, dont la réputation dépassait largement les frontières du Stockfeld. Toute à son affaire, la bourgeoise avait tellement sursauté que son velouté avait bondi hors de la cuillère, qu'elle portait à sa bouche à ce moment-là, pour s'étaler sur sa robe qu'elle macula sur le haut de la poitrine d'une tache des plus disgracieuses.

Le mari, voulant exprimer avec véhémence son indignation à tous ces mal élevés dont il était entouré, fut vite calmé par Firmin, qui en bon *Stockfeld Indianer* le mit en garde avec sa phrase fétiche et son air le plus sérieux :

— *Gen gut Árt, wenn's bie uns glitzert in de Nàcht, ich's kan Schokolàbàbier* (Faites bien attention, lorsque ça scintille chez nous dans la nuit, il ne s'agit pas d'un papier de chocolat).

Cinq minutes plus tard, sans que personne ne s'en rende compte, les petits bourgeois avaient disparu. Probablement soucieux, soudain, de laisser ce Stockfeld aux mille dangers derrière eux, avant la nuit noire.

Tout le monde reprenant son souffle, Charele profita de ce temps mort pour poser à son ami, la question coutumière :

— Et toi Firmin, qu'est-ce que tu nous racontes ?

Le meurtre de la *Làngstross* n'ayant occupé que quelques lignes de la rubrique des faits divers, personne ne pensa à cet instant à lui demander s'il en savait plus à ce propos. Et quand bien même, tenu au secret professionnel, il n'aurait pas livré une once d'information.

— Oh moi, se défaussa-t-il comme à son habitude, en comparaison d'une histoire pareille, je n'ai vraiment rien de bien intéressant à vous dire.

En apercevant le numéro de *L'Elsässer* du jour, mis à disposition des clients sur une desserte, il s'en empara pour en lire les grands titres. Le règlement de la dette de guerre de l'Allemagne continuait à faire couler de l'encre, sans qu'aucun Strasbourgeois ne s'en émeuve. Ce problème ne les concernait pas, maintenant qu'ils étaient français. À Colmar, les sénateurs enterraient en grande pompe un des leurs, décédé quelques jours plus tôt, dans la probable indifférence de la majorité des lecteurs, malgré les deux colonnes relatant l'événement dans les moindres détails. Sur la colonne de droite, le journal annonçait l'arrivée attendue dans la journée du dirigeable *Graf Zeppelin* à Friedrichshafen. C'était le seul article dont Firmin prit connaissance.

Pour promouvoir son dirigeable flambant neuf et inciter la clientèle des voyages transcontinentaux à utiliser ce moyen de transport, la société Zeppelin s'était lancée dans le pari fou de lui faire effectuer un tour du monde. Les capitaux de cette entreprise étant américains, le départ officiel de ce périple devait se faire depuis Lakehurst, près de New York. Après avoir rejoint sa base de Friedrichshafen, le dirigeable avait ensuite une feuille de route le menant de Moscou jusqu'à Tokyo à travers l'immense Sibérie. Puis, du Japon, l'aérostat devait traverser l'océan Pacifique pour arriver à Los Angeles. Et, après avoir traversé le continent américain, revenir à son point de départ à New York. Puis, pour finir, rejoindre son port d'attache de Friedrichshafen.

Cette arrivée imminente sur les rives du lac de Constance marquait donc l'accomplissement de la première étape. Pour les médias du monde entier, ce périple se faisait de Lakehurst à Lakehurst, sauf pour la presse allemande qui considérait cette circonvolution planétaire de Friedrichshafen à Friedrichshafen. *Deutschland über alles*, oblige (l'Allemagne par-dessus tout, une devise devenue l'hymne national allemand depuis 1919). En lisant ces lignes, bien des Alsaciens ressentaient un petit pincement de nostalgie et une certaine fierté pour leurs anciens compatriotes.

15

Lundi matin, histoire de bien commencer la semaine, les inspecteurs Gustave Wagner et Joseph Fischer se rendirent à la première heure au bar de Bébert, dans l'espoir de lui rafraîchir la mémoire.

Alors qu'il essuyait machinalement un verre, clope au bec, le sang du patron de café se glaça lorsqu'il tourna la tête au tintement de la clochette installée au-dessus de la porte du bistro. Gustave Wagner, l'abominable Bouboule, venait mettre le pied dans son établissement, après avoir manqué de démolir la porte vitrée qui ne s'était pas ouverte aussi facilement qu'il l'aurait souhaité du fait de ses vieilles charnières grippées. La vitre trembla de longues secondes dans son encadrement disjoint avant de s'immobiliser.

Bébert choisit de feindre un détachement qu'il avait bien de la peine à rendre convaincant.

— Bonjour Monsieur l'Inspecteur, ne vous inquiétez pas, ça fait longtemps que je me dis qu'il faudrait quand même qu'un jour je mastique cette vitre.

— Salut Bébert, c'est ça mastique, mastique. Moi je dis qu'il faut en profiter pour mastiquer aussi longtemps qu'on a des dents.

Pas besoin d'une deuxième allusion du même ordre pour le barman. La devise de *Dura lex, sed lex* dont les collègues avaient affublé l'inspecteur Wagner n'était en rien usurpée. Le décor était planté. Les deux colosses n'étaient pas dans l'idée de faire dans la dentelle. Il allait falloir jouer serré. Pour un mot de travers, ces deux brutes étaient bien capables de lui ruiner son affaire et de l'envoyer se faire rafistoler les os aux Hospices civils pour de longs mois.

C'était de notoriété publique : avec eux pas de fermeture administrative ou de convocation pour un interrogatoire en bonne et due forme en présence d'un avocat et tout le tralala. Les paperasses, ce n'était pas leur truc.

— Et moi, tu m'as pas vu ? Lui demanda Joseph Fischer, à peine moins costaud que son collègue, avant de renchérir d'un air vexé. Chui p't-êt' pas assez grand ?

— Bien sûr que je vous ai vu, bonjour Monsieur Joseph.

Les deux baraqués s'installèrent au comptoir, occupant les quatre places que propose habituellement ce meuble aux clients qui préféraient consommer debout.

— Qu'est-ce que je vous sers, messieurs ?

— Deux express bien tassés.

— Avec une petite fine, c'est ma tournée ?

— Pas d'alcool pendant le service, tu le sais pourtant Bébert.

— Oh, vous vous en doutez bien que ce n'est pas moi qui irais vous foutre dedans.

— Ça, ça reste encore à voir.

— Tout de même, Messieurs !

N'obtenant aucune réaction à sa feinte indignation, le barman considéra qu'il valait mieux abandonner ces vains bavardages pour préparer les deux cafés.

Pendant que Bébert leur tournait le dos, Bouboule prenait connaissance de la configuration des lieux. L'établissement n'offrait que quatre guéridons à ses clients. En tout et pour tout, on tenait péniblement à une vingtaine dans ce bouge, et encore. L'odeur émanant du fond du couloir renseignait, mieux que l'affichette, sur la localisation des toilettes.

Puis, orientant le regard en direction de l'entrée donnant sur la cour où s'était déroulé le crime, il constata qu'elle se trouvait en plein dans le champ de vision du barman, lorsqu'il était à son poste derrière le comptoir.

Bébert essayait d'observer discrètement les mouvements qu'il percevait dans son dos, mais il se sentait littéralement plaqué contre sa machine à café par le regard de l'inspecteur Joseph qui ne le quittait pas des yeux.

Lorsqu'il se retourna vers ses deux clients, une tasse dans chaque main, Bouboule reprit sa position, les deux coudes généreusement étalés sur le comptoir. Tandis qu'il remuait avec une grande délicatesse le sucre au fond de la tasse, avec une cuillère si petite qu'il parvenait à peine à la tenir entre ses doigts gros comme des boudins, il passa aux choses sérieuses :

— Dis voir Bébert, il y a trois jours un micheton s'est fait dessouder au fond de cette cour, et toi, tu voulais faire croire le lendemain à mes collègues que d'ici tu n'as rien vu ni entendu ?

Comme il tournait alors doucement la tête vers le porche de l'hôtel, comme une invitation, son collègue et le barman en firent autant. C'est vrai que la vue était absolument imprenable. L'assassin ne pouvant être rentré et sorti que par cet endroit, passe encore qu'il ne l'ait pas vu y pénétrer, mais qu'il ne l'ait pas vu ressortir, après le bruit de la déflagration qui s'était probablement entendu d'un bout à l'autre de la *Làngstross*, relevait de l'inconcevable.

— C'est vrai Monsieur l'Inspecteur, que si j'avais été debout à l'endroit où je suis maintenant, je ne pouvais pas le louper. Mais il se trouve que j'étais aux toilettes.

— Ça, ce n'est pas de bol, pour une fois qu'il se passe quelque chose dans cette rue, toi tu n'es pas là pour assister au spectacle.

— J'étais occupé à nettoyer les cabinets et de là derrière, désignant de son bras tendu le couloir malodorant, je n'ai rien entendu du tout.

— Et comme par hasard, toute la rue était de corvée de chiotte à ce moment ?

— Ce que faisaient les autres à ce moment-là, je n'en sais rien. Mais moi, je vous jure que j'étais occupé à ça.

— Avec l'odeur qui arrive jusqu'ici, on se demande bien d'ailleurs avec quoi tu les nettoies tes toilettes.

— Vous voulez que je vous montre l'endroit, Monsieur l'Inspecteur ?

— Oh, Bébert, t'as rien trouvé de mieux qu'un balai de chiotte comme couverture ? Tu voudrais peut-être que je prenne sa déposition, pour qu'il me confirme ton alibi ?

Coupant court, Bouboule se tut, observant Bébert sans dire un mot, pour le mettre mal à l'aise. Le barman avait de l'aplomb, ce n'était pas la première fois qu'il feignait l'innocence. Les deux inspecteurs qui n'étaient pas tombés de la dernière pluie, le fixant toujours du regard, sentaient bien qu'il cachait quelque chose ; il en savait bien plus que ce qu'il prétendait. Mais le silence qui commençait à s'éterniser n'avait pas de prise sur lui ; le barman savait que s'il le rompait avec n'importe quelle banalité, ce serait perçu comme un aveu.

C'est vrai que Bébert n'était pas un perdreau de l'année puisqu'il avait déjà eu affaire à la police à plusieurs reprises par le passé. Il avait trempé dans diverses histoires louches sans que sa culpabilité ait pu être démontrée et, de ce fait, n'avait jamais été inculpé. Il faisait partie de ces anguilles que les enquêteurs rencontraient à intervalles réguliers dans leurs investigations sans jamais parvenir à les coincer.

Avec un client pareil, l'intimidation ne prenait pas. Les deux colosses n'obtiendraient rien de plus de sa part en se livrant à leur numéro de gorilles enragés. Pour le moment, il valait mieux ménager cette face de truand et sa vaisselle, même si l'envie de le secouer comme un prunier ne leur manquait pas. Ce n'était peut-être que partie remise…

Après avoir réglé leur consommation, les policiers s'en allèrent en laissant planer l'éventualité d'un retour rapide pour lui refaire une petite visite.

— Ce sera avec grand plaisir, Messieurs.

Bébert avait eu très chaud, mais il ne s'en était pas trop mal sorti. Le dernier piège à éviter consistait à suivre du regard les fonctionnaires tandis qu'ils s'en allaient.

Bouboule, se retournant dans la rue avant de s'éloigner, vit que le barman lui tournait le dos, nettoyant énergiquement un de ses guéridons.

— De corvée de chiottes justement au moment du meurtre, mon œil, oui !

16

Pendant que les deux enquêteurs revenaient tranquillement au commissariat, le téléphone sonna de manière insistante dans les bureaux de la Brigade du Tigre. Parvenue à la fin de l'épisode du feuilleton *Schwester Engelberta* paru dans l'édition du jour de *L'Elsässer*, Marinette se décida enfin à décrocher, pour annoncer mollement dans le combiné :

— Brigades régionales de police mobile de Strasbourg, bonj…

— Charles Hueber à l'appareil, passez-moi l'inspecteur Georges Schmitt.

Autant le ton utilisé que le nom prononcé firent bondir la jeune femme sur sa chaise.

— Un instant, s'il vous plaît.

Mettant la paume de sa main sur le microphone pour le rendre sourd, Marinette interpella Goges occupé à discuter avec Théodore Dupont et André Constantin. Pendant que Gustave Wagner et Joseph Fischer exécutaient leur mission de gros bras dans le bar à Bébert, les deux *Français* avaient eu pour instruction de visiter l'appartement de la victime. Ils avaient malheureusement fait chou blanc en termes d'éléments d'informations pour faire avancer l'enquête.

Goges mit instantanément fin à cet entretien pour venir prendre le combiné des mains de sa collègue.

— Inspecteur Georges Schmitt, je vous écoute.

— Venez immédiatement à mon bureau, il faut absolument que je vous parle.

Avant qu'il ait eu le temps d'esquisser la moindre réponse, le *tuutuut* dans l'écouteur indiqua que le maire avait raccroché. Cette manière cavalière était très peu au goût de l'inspecteur, mais il n'avait d'autre choix que de se plier à l'injonction du premier magistrat de la ville.

17

L'homme qui apparaissait à présent devant Georges Schmitt et Hubert de la Grange n'avait absolument aucun point commun avec celui qu'ils avaient rencontré lors de leur visite précédente. Le regard perçant que Charles Hueber leur jeta au moment où ils franchirent la porte de son bureau les informa aussitôt que l'ours avait repris du poil de la bête.

N'usant d'aucune civilité ou autre politesse d'usage, ce qui lui était définitivement étranger, il alla droit au but, avant même que les deux policiers n'aient le temps de parcourir l'espace qui séparait la porte de son grand bureau. Sur un ton autoritaire, avec la voix de stentor dont il usait dans ses discours politiques, il s'adressa à eux comme s'il ne pouvait retenir plus longtemps les mots qui jaillirent en flots serrés :

— Messieurs, j'ai une information de la plus haute importance à vous communiquer. Celle-ci devrait vous permettre d'avancer très vite dans votre enquête et, si vous êtes des inspecteurs compétents, l'assassin de mon pauvre ami Jeannot Dietrich ne devrait pas tarder à être sous les verrous à attendre que la guillotine lui coupe la tête !

Tout un programme, réglé comme du papier à musique par ses soins, si toutefois les deux inspecteurs savaient être à la hauteur de leur responsabilité. Voilà bien le vil personnage dans toute sa splendeur.

Goges choisit de jouer sur du velours, alors que le sang bouillonnait dans ses veines.

— Nous vous sommes très reconnaissants Monsieur le Maire de bien vouloir partager vos informations avec nous avec autant de diligence. Nul doute que nous mettrons tout en œuvre pour que notre travail soit à la hauteur de vos attentes.

Charles Hueber n'entendant définitivement rien à la langue de Molière, et d'autant moins lorsque son interlocuteur y mettait les formes, monta encore d'un ton :

— Non, *che dis* non, il n'est plus question que *ch'attente* maintenant.

Debout à côté de son collègue, puisqu'ils n'avaient pas été invités à prendre place, Hubert était totalement estomaqué. Tandis que le « plantigrade » contrarié tapait avec force sur le plateau de son bureau avec sa grosse paluche, il songea :

— Mais quelle espèce d'abruti que voilà, doublé d'un malotru de surcroît !

Lui qui n'avait pas encore eu le loisir de s'adresser au maire de Strasbourg, bien qu'il le rencontrât pour la deuxième fois, ne se sentait que très peu l'envie de le faire. Saurait-il garder son calme à l'image de son binôme s'il était apostrophé de la sorte ? Rien n'était moins sûr.

Goges, pour s'éviter des complications inutiles, ramena le colérique personnage à une humeur plus commode en poursuivant en alsacien. L'effet fut immédiat, comme si un pot de miel venait d'être déposé devant ce grizzly mal léché. Et voilà que le Parisien se trouvait à nouveau ravalé au rang de vulgaire spectateur, d'objet de décoration, d'un intérêt tellement quelconque que les deux hommes se comportèrent comme s'il n'était pas là.

— *Nà, Herr Maire* (alors, monsieur le maire), pouvez-vous nous dire quelles sont ces informations ?

Le maire agrémentant de temps à autre ses propos de quelques bribes en français, Hubert eut le sentiment d'avoir tout de même un peu plus d'importance que les mouches qui tournoyaient dans la pièce, et dont les deux Alsaciens prenaient conscience de l'existence au moment où ils les chassaient d'un geste de la main.

— *Nàdirli, nàdirli* (évidemment, évidemment) ! *Che* sais ce qui s'est passé. *Che* sais pourquoi *Channot* a été tué. Il avait des documents tellement secrets en sa possession qu'il les gardait en permanence sur lui. *Che* le sais très *pien*, il me l'avait dit. Des voleurs ont certainement voulu les lui *prend'r* et, comme il s'est défendu, c'est pour cette raison qu'il a été tué.

Des documents tellement secrets que la victime les emmenait avec elle au bordel ! Cela semblait tout de même un peu gros à l'inspecteur Georges Schmitt, mais bon, admettons :

— Et qu'est-ce que c'était comme documents ?

— En fait, le PCF souhaite vivement remettre la main sur un ensemble de jeux d'écritures lui appartenant ; *Channot* les avait soustraits au moment de son départ, parce que les communistes comptaient s'en servir pour m'anéantir. Je vous rassure, il n'y a rien d'illégal et, de plus, je n'étais que très peu concerné par ces pièces comptables, mais, en politique, même les informations les plus anodines peuvent se transformer en une arme redoutable. Vous comprenez l'importance de ces papiers et le danger que cela représente pour ma carrière politique ?

Effectivement, il y avait là probablement de quoi générer un séisme dans le paysage politique strasbourgeois. Le maire risquait sa place et pour ce qui était de la légalité de ces écritures et de son niveau d'implication, l'inspecteur ne se fit pas la moindre illusion ; mais ces derniers points sortaient pour le moment du cadre de l'enquête. Selon ses mots sans ambages, il ne faisait aucun doute pour Charles Hueber que les auteurs de ce meurtre se trouvaient au Parti communiste français.

Et le maire de rajouter en point d'orgue :

— Ces écritures ne sont pas que gênantes pour moi, leur diffusion aurait des conséquences jusqu'à la tête du pays. Alors, il est plus que temps que vous fassiez votre travail.

— Êtes-vous certains que ces documents ont disparu ?

— Nous ne les avons pas dans nos dossiers à la mairie et son appartement a été soigneusement inspecté ce matin à la première heure par deux de mes collègues, grâce au double de clés qu'il y avait dans un tiroir de son bureau. Che vous le répète, il les portait touchours sur lui.

C'était *touchours* agréable pour des enquêteurs d'apprendre que des quidams avaient inspecté l'appartement de la victime d'un crime avant le passage de la police. Si certains indices pouvant porter ombrage au maire s'y trouvaient, nul doute que ces deux larbins aient pris soin de les faire disparaître, avant l'arrivée quelques heures plus tard de Théodore Dupont et André Constantin. On ne pouvait pas dire que le premier magistrat de Strasbourg facilitait le travail d'investigation de sa police.

Quand Georges lui demanda à quoi ressemblaient ces documents, la réponse annonça que l'accalmie était déjà arrivée à son terme :

— Probablement à une liasse de feuilles pleines de chiffres rangée dans une pochette, une chemise, un classeur, qu'est-ce que j'en sais moi.

Et, dans la foulée, le maire ne souhaitant pas que l'entretien s'éternise – peut-être par peur d'être confronté à d'autres questions gênantes – congédia les deux inspecteurs comme de vulgaires laquais.

18

« Des conséquences jusqu'à la tête du pays » ! Cette enquête prenait une tournure de moins en moins évidente et bien moins dans les cordes des Brigades du Tigre que de courir après de petits malfrats ou des bandes organisées.

Dans le bureau du commissaire divisionnaire, l'heure était à la réflexion. Marcel Martin, Georges Schmitt et Hubert de la Grange étaient bien peu diserts et Firmin Ochsenschwanz, dans son rôle de secrétaire, n'avait pour le moment rien inscrit sur son calepin pour pouvoir rédiger le compte rendu de réunion. Les cigarettes allumées les unes aux mégots des autres avaient répandu une telle fumée dans la pièce que l'air y était devenu irrespirable. Les tasses de café se remplissant puis se vidant au même rythme que les clopes se consumaient, Marinette Muller fut appelée à la rescousse à plusieurs reprises pour les réapprovisionner.

Il fallait évidemment continuer cette enquête pour démasquer l'assassin, mais cela se ferait dorénavant sur le terrain miné de l'échiquier politique. Nul doute que Charles Hueber, durant son parcours professionnel plus que chaotique, avait laissé derrière lui nombre d'amis qui lui voulaient du mal. Des pièces comptables compromettantes devaient susciter bien des convoitises dans ce monde de requins qui n'hésitaient pas à se dévorer les uns les autres pour parvenir à leurs fins.

Ses retournements de vestes multiples entre le syndicat de la CGT, la SFIO puis le PCF et les milieux autonomistes étaient restés en travers de nombreuses gorges. Les personnes susceptibles d'orchestrer l'assassinat de Jeannot Dietrich pouvaient donc venir de bien d'autres horizons que du seul PCF, ce dont le maire semblait pourtant si convaincu.

Mais au-delà de quelques remarques au sein de la petite assemblée, émises sans grande conviction et n'amenant pas toujours des commentaires en retour, les quatre hommes, en train de se faire fumer comme des jambons dans ce bureau exigu, étaient surtout en train d'attendre. Même si cela ne sautait pas aux yeux, il y avait pourtant un autre acteur dans cette pièce qui ne s'était pas encore exprimé et sur lequel tous les regards étaient concentrés en permanence. Rompant le silence, le téléphone se mit à sonner.

Le divisionnaire, portant le combiné à son oreille, écouta soigneusement les instructions que lui transmettait Paris. Ses quelques interjections : « Oui, c'est entendu, très bien, d'accord, c'est bien compris, il en sera fait ainsi » servant plus à confirmer à son interlocuteur qu'il était toujours en ligne qu'à enrichir la conversation, ne renseignèrent en rien les autres personnes présentes sur le contenu des propos.

Dès qu'il avait eu vent des accusations graves que Charles Hueber avait portées à l'encontre de ses anciens camarades de parti, Marcel Martin en avait aussitôt averti sa hiérarchie parisienne. Comme il s'y attendait, le retour ne s'était pas fait attendre et les ordres étaient on ne peut plus clairs :

— Messieurs, on continue l'enquête sur ce crime en faisant le moins de tapage possible, mais…, avant toute chose, ce que nous demande Paris de manière formelle et impérieuse est de récupérer ces documents compromettants par tous les moyens. J'ai bien dit par tous les moyens !

Il était évident que, par les temps qui couraient, la France n'avait nul besoin d'un scandale financier, bien au contraire. Raymond Poincaré, l'ancien président de la République appelé à la rescousse trois ans auparavant – en 1926, la fameuse année du scandale des irrégularités de la Banque de France – par l'actuel président Gaston Doumergue, venait d'instaurer, il y a douze mois à peine, en lieu et place du franc germinal, le franc Poincaré, d'une valeur or cinq fois moindre, pour lutter contre l'inflation galopante. La situation de la monnaie française était encore très précaire en cette année 1929, alors que Poincaré venait de jeter l'éponge pour des raisons de santé. Même si aucun membre de la SFIO ou du PCF n'avait été à la manœuvre dans cette opération financière qui replaçait la devise nationale d'une tout autre manière sur le marché monétaire mondial, un scandale dans un de ces deux partis aurait forcément un retentissement à l'échelle de l'ensemble de la classe politique.

Bien au-delà de la survivance de Charles Hueber à la tête de la municipalité strasbourgeoise et de son devenir politique, ce dont les membres de la Brigade du Tigre n'avaient cure, il fallait éviter à tout prix que ce sujet sensible ne vienne sur le devant de la scène politique française.

Avant que le groupe ne se disperse, au moment où ses participants passaient la porte, Marcel Martin donna une dernière instruction à Firmin Ochsenschwanz :

— Firmin, surtout pas de compte rendu du contenu de cette réunion.

19

— Jeannot Dietrich a été assassiné vendredi dernier, que voulez-vous que ça me fasse ?

Armand Fleisch, dirigeant de l'antenne locale du PCF, l'avait visiblement mauvaise envers son ancien camarade de parti.

— À force de jouer avec le feu, de faire des entourloupes, de prendre les gens pour des cons, un beau jour ça vous saute à la figure.

— Pensez-vous que sa mort puisse avoir un lien avec ses activités politiques, lui demanda Hubert de la Grange ?

— Qu'est-ce que j'en sais moi ? Tout ce que je peux vous dire, c'est qu'un tel faux cul dans son boulot l'était vraisemblablement tout autant dans sa vie privée. D'où lui est venue cette balle qui l'a expédié *ad patres*, c'est à vous de me le dire, je ne suis pas enquêteur moi.

— Nous vous le dirons effectivement dès que nous arriverons au terme de nos investigations et c'est bien pour cette raison que l'inspecteur Georges Schmitt et moi sommes venus vous poser ces questions. Mais continuons si vous le voulez bien.

— Avez-vous constaté la disparition de l'un ou l'autre document après le départ de Jeannot Dietrich du parti communiste français ?

— L'un ou l'autre document ? Vous voulez rire ou quoi ? Des dizaines de documents ont disparu, emportés par lui ou par d'autres transfuges. Des écritures comptables, des listes de membres, des notes internes ; à ce jour, ces salauds ont probablement plus de documents du PCF cachés dans leurs coffres-forts que nous n'avons pu en conserver dans nos classeurs.

— Certains de ses documents étaient-ils considérés comme « sensibles » ?

— Tous les documents sont sensibles dans un parti politique. Est-ce que l'un ou l'autre l'était plus particulièrement ? Il faudrait déjà que l'on sache tout ce qu'ils nous ont volé. L'état des lieux global n'a pas encore pu être établi à ce jour, c'est vous dire l'ampleur des dégâts.

— Mais, si vous avez été dépouillés à ce point-là, pourquoi n'avez-vous pas porté plainte pour vol ?

— On voit bien que vous n'êtes pas dans la politique vous. Vous nous voyez annoncer aux membres du PCF que nous nous sommes fait berner comme des pigeons par de plus rapaces que nous et que nous en appelons à l'autorité du pays pour faire valoir nos droits ? C'est la risée assurée et une chute vertigineuse de nos adhérents dans la foulée. Non, dans ce cas, il faut faire le dos rond et renaître de ses cendres. C'est ce que nous sommes en train de faire, même si nous savons pertinemment que Hueber et sa bande ont laissé quelques taupes derrière eux pour continuer à nous noyauter aussi longtemps que possible.

Après un court instant de silence :

— Mais ne vous inquiétez pas, nous savons très bien nous défendre et s'ils ont la possibilité de savoir ce qui se passe dans nos murs, nous sommes tout autant au courant de ce qui se raconte sous le sceau du secret à la mairie.

Malgré un deuxième temps d'arrêt, le fougueux politicien ne put réfréner son ardeur et se mit soudain à pécher par orgueil :

— Pour vous le prouver, je peux vous dire que nous ne sommes absolument pas en possession de ces fameux documents qui auraient été volés sur le cadavre de cette ordure. Tant qu'à faire, autant tout vous dire, nous étions au courant de cette disparition avant vous, puisque l'information, nous l'avions déjà depuis samedi, le lendemain du meurtre.

Hubert de la Grange et Georges Schmitt échangèrent un regard lourd de sens. Ce petit bonhomme excité comme une puce, qui s'agitait en tous sens derrière son bureau comme un guignol dans une baraque foraine, ne pouvait être soupçonné de prêcher le faux pour savoir le vrai avec une assertion aussi précise. Chacun des partis était très probablement parfaitement au courant de ce qui se passait chez l'autre. Voilà qui allait compliquer l'enquête et surtout porter un sérieux coup à la confidentialité qu'exigeait la hiérarchie parisienne dans le travail d'investigation. Mais en tout état de cause, plus besoin de faire mystère des documents disparus :

— Pouvez-vous nous en dire plus à propos de ces fameux documents ?

Probablement qu'Armand Fleisch, qui se mordillait à présent les lèvres nerveusement, regrettait de s'être laissé emporter de la sorte. Mais n'étant pas homme à faire machine arrière, il continua par pure vanité dans son élan de sincérité :

— Vous pensez bien que nous avons abondamment réfléchi à ce sujet, mais nous n'avons pas la moindre idée de ce dont il peut s'agir. Évidemment que nous mourons d'envie de le savoir et encore plus de pouvoir remettre la main dessus.

— Pensez-vous que quelqu'un d'autre qu'un membre du PCF puisse être au courant de l'existence de ces documents et qu'il ait pu fomenter le meurtre de Jeannot Dietrich pour s'en emparer ?

— Étant donné que nous-même ne savons pas de quoi il en retourne, ça me semble peu probable qu'une personne extérieure au parti puisse en avoir eu vent. Par contre, il faut que vous sachiez qu'il y a plusieurs tendances à l'intérieur même du PCF, comme c'est le cas dans tous les grands partis politiques français. Si nous nous devons d'afficher une unité de façade, je ne peux nier l'existence de factions que nous peinons à canaliser.

— Quel type de faction ? Avez-vous des exemples précis ?

— Je pense particulièrement à tous ces « moscoutaires» qui sont au PCF. Officiellement, les membres du PCF obéissent au premier secrétaire de l'antenne locale, qui reçoit ses instructions du pouvoir central à Paris, ce dernier étant en étroite relation avec le Bureau central du Parti communiste de l'URSS. Mais, en sous-main, ces membres que nous avons pris pour habitude de nommer des « moscoutaires » font fi de cette hiérarchie et ne rendent compte de leurs actes et ne reçoivent d'ordres que de Moscou.

— Sont-ils nombreux ? Est-ce qu'il ne serait pas préférable de les sortir du parti ?

— Le nombre et les identités de tous ne nous sont pas connus. Par ailleurs, étant très apprécié par les bolcheviks, pour les éléments qu'ils leur communiquent hors du faisceau d'informations officielles du parti et également pour les missions qu'ils exécutent pour leur compte, il serait très délicat de les exclure sans froisser le camarade Staline.

— Pensez-vous que ce crime ait pu être orchestré à partir de Moscou ?

— Je n'en sais rien, mais ce que je peux vous assurer, c'est que si cela devait être le cas, les documents volés ne réapparaîtront pas chez nous, mais bel et bien sur le bureau d'un fonctionnaire moscovite. Et pour savoir ce qu'ils en feront, je vous suggère de vous adresser directement à eux !

20

Le lendemain, dès la première heure, une nouvelle réunion au sommet était organisée dans le bureau de Marcel Martin, à laquelle assistait Firmin Ochsenschwanz plus par habitude que par nécessité, puisque selon les instructions de Paris, aucun compte rendu n'était à établir. En attendant le retour du nouveau coup de fil que le commissaire divisionnaire venait de passer à ses supérieurs parisiens, les nébulosités, diffusées par trois cigarettes brunes, prenaient comme à l'accoutumée progressivement possession des lieux. Firmin était le seul non-fumeur de la pièce, mais habitué à cette atmosphère par ses soirées au *Coucou des bois,* la fumée ne l'incommodait point. Dans le petit groupe, chacun élaborait des théories sur la base des informations recueillies, sans qu'il soit toujours possible de distinguer son auteur au milieu du brouillard.

— L'assassinat n'a pu être commis que par un membre du PCF, voire du futur parti de Hueber, puisqu'il n'y avait que dans ces deux milieux que l'on connaissait l'existence de ces papiers compromettants.

— Par contre, si ce sont les « moscoutaires » qui en sont les auteurs, l'affaire peut prendre une ampleur énorme.

— De plus, récupérer ces documents, s'ils sont entre leurs mains, va être extrêmement compliqué puisqu'on ne sait rien de leur organisation.

— En résumé, si l'étau semble se resserrer sur l'assassin, l'éventail s'est considérablement élargi sur le commanditaire du crime qui peut très bien se trouver loin en dehors de nos frontières.

— Mais le mobile semble bien en être ces fameux papiers, dont personne n'a su nous dire ce qu'ils contenaient.

Lorsque le téléphone se mit à sonner, le commissaire divisionnaire se saisit du combiné aussi rapidement que s'il empoignait son arme pour sauver sa peau face à un bandit qui lui tirait dessus.

— Oui, très bien, nous faisons tout notre possible, c'est clair, oui j'ai bien compris l'enjeu, je vous tiens au courant dès qu'il y a du neuf.

Si les propos n'étaient toujours pas audibles, pour Georges, Hubert et Firmin, le volume sonore et les intonations de l'interlocuteur parisien qui leur parvenaient aux oreilles les informaient sur l'ambiance qui régnait dans les services centraux de la capitale, où l'état d'esprit s'était visiblement considérablement échauffé.

Marcel Martin ne jugea pas utile de retraduire dans leur intégralité à ses collègues les instructions qu'on venait de lui asséner :

— Messieurs, inutile de vous faire un dessin. Je veux tout le monde sur le pont. On retourne ciel et terre pour retrouver ces foutues pièces comptables.

À cet instant, la porte s'ouvrit brusquement sans annonce préalable. Marinette, visiblement très pressée et sans s'excuser de son incursion ni prêter d'attention aux autres personnes présentes, s'adressa directement à Georges Schmitt :

— Goges, viens vite, j'ai à nouveau Hueber au bout du fil. Il est encore pire qu'hier, il hurle comme un damné.

Dans la précipitation, elle n'avait même pas pensé à poser la tasse de café qu'elle tenait dans la main au moment de décrocher le téléphone.

Goges bondit de sa chaise comme un diable de sa boîte, manquant de peu de renverser au passage le café de la jeune dame. Il se précipita dans le couloir, suivi de Hubes et de Marcel. Tandis que Firmin dépliait lentement ses grandes jambes pour se lever et sortir de la pièce, Marinette versa le reste de sa tasse sur le cendrier, qui était en train de prendre feu en raison d'un mégot mal écrasé.

Le temps que les deux personnes du service administratif rejoignent à leur rythme le bureau commun de la brigade, la conversation était déjà terminée. Goges et Hubes avaient enfilé leur veste et étaient partis en courant en direction de la mairie.

21

Cette troisième visite au maire fut l'occasion de découvrir à nouveau un tout autre aspect de ce personnage aux multiples facettes. Charles Hueber était blanc comme un linge et tremblait de tous ses membres. Une dizaine de ses plus proches collaborateurs se tenait dans la pièce, tentant de le calmer. C'était à qui lui prendrait la main de la meilleure manière, à qui lui tiendrait les propos les plus rassurants. L'un voulut ouvrir la fenêtre tandis qu'un autre, qui ne doutait de rien et surtout pas de lui-même, le lui interdisait formellement, craignant qu'un courant d'air puisse être fatal. Un autre encore revenait en courant avec un verre de cognac.

Hueber, blême, le regard vide, semblait ne rien percevoir ni rien entendre jusqu'à ce qu'il vît les deux inspecteurs. Reprenant ses sens avec peine, il leur désigna péniblement une feuille de papier posée sur son bureau, sans toutefois avoir retrouvé la parole, car il lui était impossible d'émettre le moindre mot.

Hubert reconnut du premier coup d'œil cette affiche, produite il y a dix ans déjà, qu'il avait vu placardée à plusieurs endroits sur les murs de sa ville de Châtenay-Malabry, dans les localités alentours et même en plein centre de Paris. Elle représentait la tête d'un paysan russe dans un état de colère manifeste, la figure rouge, les cheveux en bataille, les yeux exorbités, tenant un large couteau sanguinolant entre les dents, un personnage que l'on nommait communément le *moujik hirsute*. Celui-ci devait incarner dans l'esprit des électeurs français le danger de voter pour les communistes, représentation francisée des révolutionnaires bolchéviques qui firent tomber le régime tsariste en 1917 en faisant couler beaucoup de sang. Et, par là même, avaient ruiné beaucoup de petits épargnants français qui avaient placé toutes leurs économies dans les emprunts russes dont le régime de l'URSS continuait à refuser le remboursement, malgré l'insistance de la diplomatie française.

Pour le coup, ce placard servant à diaboliser les communistes français avait été détourné de son usage initial puisqu'à la place du slogan « Comment voter contre le bolchévisme ? » était collée une feuille blanche, tâchée d'une longue traînée rouge passant pour du sang, sur laquelle une main malveillante avait écrit « Charles Hueber, ne t'inquiète pas, ton tour viendra ! ».

— D'où vient cette affiche, demanda Georges à un des fonctionnaires qui semblait assez proche du maire pour s'être permis de rentrer dans son bureau dans de pareilles circonstances ?

— Nous ne pouvons vous le certifier pour le moment, mais il semblerait que Charles l'ait trouvée posée à l'endroit où elle est toujours, en revenant à son bureau à l'issue d'une réunion.

Pendant que Georges continuait à recueillir auprès des autres personnes des témoignages sans grande portée, Hubert observait et réfléchissait.

— Probablement est-ce une de ces taupes communistes qui hantent ces murs qui a posé cette affiche sur le bureau. Peut-être même que l'une d'entre-elles se trouvait à cet instant précis dans la pièce et relaterait ensuite à ses petits camarades du PCF comment cette menace de mort venait de ficher la trouille de sa vie au maire. En portant son regard d'une personne à l'autre, il ne vit chez aucune d'elles un comportement susceptible de trahir un communiste et encore moins un « moscoutaire ».

En observant Charles Hueber toujours en totale panique, le parisien ne put éviter un regard méprisant en se disant :

— *Leck mich àm Ársch*, mais quelle lavette !

Avec une telle absence de courage, c'était à se demander comment ce type avait bien pu être décoré de la Croix du mérite durant la Grande Guerre.

22

— Pour espérer retrouver ces documents dans les plus brefs délais, nous ne devons plus perdre de temps à enquêter sur l'assassinat de Jeannot Dietrich et encore moins à courir à la mairie dès que le maire fait dans son froc.

Au retour de ses deux enquêteurs de l'hôtel de ville, Marcel Martin avait repris la réunion brusquement interrompue. À présent, celle-ci se tenait dans le bureau principal du service où l'ensemble de la brigade avait été convié. Devant les mines soucieuses de son auditoire, le commissaire divisionnaire s'exprimait d'un ton grave, celui qu'il n'utilisait que dans les circonstances exceptionnelles :

— Il y a d'ailleurs fort à parier qu'en mettant la main sur ces papiers le nom de l'assassin et de l'auteur de la menace de mort nous soient également révélés.

De fait, enquêter dans le milieu des « moscoutaires » pour en comprendre le fonctionnement n'était pas la priorité, compte tenu de l'urgence. Comment ces activistes allaient-ils s'y prendre pour faire parvenir ces documents le plus vite possible en URSS ? Voilà la vraie question sur laquelle les enquêteurs allaient devoir se concentrer. Étant donné que le crime remontait à cinq jours, peut-être était-il même déjà trop tard.

Si tant est que ces écritures comptables soient encore cachées quelque part dans la région, pour leur mettre la main dessus, fallait-il contrôler les voyageurs en partance de la gare de Strasbourg, installer des barrages sur les grands axes routiers et renforcer les effectifs au poste-frontière de Kehl ? Quand bien même toutes les unités de police, de gendarmerie et de douane du département se mettaient à pied d'œuvre, les mailles du filet seraient toujours assez grandes pour que ces papiers compromettants puissent aisément passer au travers. D'autant que personne ne savait au juste à quoi ils ressemblaient.

Toute l'équipe gambergeait sur cette problématique, lorsque Firmin lâcha une phrase de manière anodine :

— Le moyen le plus rapide et le plus sûr pour faire arriver ces documents dans les meilleurs délais à Moscou serait évidemment de les expédier par le *Graf Zeppelin.*

Tous les regards se tournèrent instantanément vers le *Stockfelder* qui se sentit rougir jusqu'aux oreilles. C'était tout juste si ses collègues purent l'entendre continuer d'un filet de voix à peine audible :

— Celui-ci décollera après-demain de Friedrichshafen et arrivera à Moscou dès le lendemain à la première heure, j'ai lu ça dans le journal ce matin.

Se levant pour s'avancer vers le porte-manteau dans l'idée de récupérer le quotidien qu'il avait rangé dans la poche de sa veste, il fut intercepté par Marinette qui le lui tendit, l'ayant chipé pour lire l'épisode du jour du feuilleton *Schwester Engelberta.*

Pendant qu'il remettait l'édition du mardi 13 août 1929 de *L'Elsässer* à son supérieur, Firmin avait recouvré sa confiance et éblouissait son auditoire par sa grande connaissance du sujet :

— En tant qu'ancien aérostier, je suis toujours très intéressé par les dirigeables. Ce projet de faire faire un tour du monde au *Graf Zeppelin* est absolument fantastique. Si d'aventure ce zeppelin, le plus gros qui ait jamais été construit, devait réussir sa circonvolution planétaire, les distances seraient dorénavant abolies. Ce serait l'aube d'une nouvelle ère. Peut-être même que certains de mes anciens camarades de l'unité des aérostiers de la marine de Hage font partie de l'équipage.

Firmin connaissait son sujet sur le bout des doigts et aurait pu continuer encore longtemps à faire étalage de son savoir. Ne l'écoutant que d'une oreille, le commissaire divisionnaire prenait en même temps connaissance de l'article dans le quotidien alsacien, lisant par moment des bribes à haute voix pour en faire profiter ses collègues :

— « Le zeppelin LZ 127, baptisé *Graf Zeppelin* en hommage au comte de Zeppelin, qui a fondé l'entreprise allemande de construction de dirigeables, est arrivé samedi dernier à son port d'attache de Friedrichshafen sur les bords du lac de Constance ».

Firmin continuait à meubler de ses commentaires les blancs laissés par son chef :

— J'avais espéré qu'il survolerait Strasbourg, mais malheureusement il a emprunté une route plus au sud, puisqu'il a été vu du côté de Besançon.

— Il n'y restera que cinq jours. C'est la première étape de son tour du monde entamé trois jours auparavant, le 7 août, à Lakehurst aux États-Unis d'Amérique.

— Étant donné que ce projet a été financé par le magnat américain William Hearst, le tour du monde se fait officiellement depuis les États-Unis, mais les organisateurs ont trouvé une parade pour satisfaire également les Allemands. Après avoir fait le *Worldtour* et être revenu à son point de départ dans le New Jersey, le *Graf Zeppelin* rejoindra ensuite son port d'attache de Friedrichshafen, bouclant ainsi sa *Weltfahrt* aux yeux de nos anciens concitoyens.

Réfléchissant à haute voix, Goges tenta de faire un parallèle hasardeux entre le crime et le périple du dirigeable :

— Ce tableau de marche du dirigeable ayant été diffusé dans les journaux depuis quelque temps, il n'est pas impensable que la date du meurtre ait un rapport avec celui-ci.

Mais cette théorie, un peu trop enlevée, laissait Hubes circonspect :

— Dans ce cas, il aurait été plus pertinent de tuer Jeannot Dietrich hier, voire même aujourd'hui, et d'emporter de suite les documents au dirigeable plutôt que de devoir les cacher et permettre à l'enquête d'avancer.

— Effectivement, mais selon le témoignage de sa michetonneuse, il avait ses habitudes le jeudi soir.

Pressé par le temps qui filait, Marcel Martin mit brusquement un terme à cette discussion stérile :

— Il n'y a pas un instant à perdre. Est-ce la bonne piste ? Nous n'en savons rien, mais en tout état de cause c'est une option qui n'a pu échapper aux « moscoutaires ». Il nous faut donc ne pas la négliger. Goges, Hubes, Bouboule, Firmin et moi, nous partons de suite pour Friedrichshafen. Théodore, André, Joseph et Marinette vous restez ici ; vous gardez la boutique et vous continuez pendant ce temps à faire progresser l'enquête. Théodore et André, vous retournez voir Armand Fleisch au PCF et tâchez d'en apprendre le plus possible sur ces satanés « moscoutaires ». Joseph, tu retournes chez Bébert et d'une manière ou d'une autre tu le fais passer à table, il me faut le signalement de l'assassin.

Joseph Fischer ne cacha pas sa satisfaction devant la mission qu'il se voyait confiée et qui était, à l'instar de son collègue Bouboule, tout à fait dans ses cordes. Nul doute que le barman avait du souci à se faire.

— Et toi Marinctte, tu ne seras pas en reste. Tu vas reprendre contact avec la p…, je veux dire avec la péripatéticienne qui nous a rendu visite l'autre jour. Il ne faut négliger aucune piste. Je compte sur toi pour la mettre à l'aise et lui tirer les vers du nez. Et surtout, si le maire t'appelle à nouveau en panique, tu lui dis gentiment d'aller se faire f…

— Ce sera fait selon vos ordres chef, lui répondit la jeune dame visiblement ravie de ces consignes, dont elle accusa réception avec son plus beau sourire tout en effectuant un salut militaire.

Les paroles du divisionnaire ayant dépassé ses pensées, par acquit de conscience, il se ravisa :

— Euh… mollo tout de même avec le maire, soldat Muller.

— Ne vous inquiétez pas mon général, j'avais bien compris, lui répondit-elle, tout en remettant à leur place, de ses doigts délicats, les accroche-cœurs qu'elle venait de déplacer par son geste.

23

Une des particularités des Brigades régionales de police mobile, par rapport aux forces de police traditionnelles, était d'être dotées des véhicules automobiles les plus performants de leur époque. Cet outil, très efficace dans la lutte contre le banditisme, permettait aux membres des Brigades du Tigre d'intervenir très rapidement dans n'importe quel lieu de leur juridiction.

Les malfrats ayant également découvert l'utilité des automobiles dans le cadre de leurs activités, des poursuites à tombeau ouvert, durant lesquels s'échangeaient de nombreux coups de feu, se produisaient régulièrement sur les routes et les chemins, mais également à travers les rues des villes et des villages.

Pour maîtriser ces véhicules, y compris dans les situations périlleuses, les fonctionnaires suivaient une formation spécifique qui faisait d'eux des inspecteurs-chauffeurs. À la brigade strasbourgeoise, Marcel Martin et ses inspecteurs Georges Schmidt, Hubert de la Grange, Théodore Dupont et André Constantin avaient acquis cette qualification. Il n'y avait donc que Gustave Wagner et Joseph Fischer qui devaient encore y prendre part, mais la partie théorique de la formation, dispensée en langue française, avait tendance à les rebuter.

Ce furent donc Goges et Hubes qui conduisirent à tour de rôle, Firmin occupant le siège passager avec la mission d'interpeller les piétons pour se faire indiquer le chemin lorsque la signalisation routière laissait à désirer. Les premières complications passées à Kehl, où les douaniers firent quelques chicanes aux Alsaciens qu'ils considéraient comme des traitres à la nation allemande, la splendide De Dion-Bouton de type IW 10 CV s'attaqua avec beaucoup de courage aux côtes des montagnes de la Forêt-Noire. Avec sa cylindrée de 1 853 cm3, développant 40 chevaux, la mécanique fut bien à la peine pour emmener ses passagers jusqu'au sommet du Triberg. La vitesse maximale du véhicule de 75 km/h ne fut quasiment jamais atteinte avant le col. Ensuite, dans la descente, la problématique fut inversée ; les pneus confort et les freins sur les quatre roues furent très appréciés, puisque ces nouveautés technologiques évitèrent à plusieurs occasions de verser dans le fossé, de percuter un attelage ou de semer la panique dans un troupeau occupant l'ensemble de la chaussée au détour d'un virage.

Dans la dernière portion du voyage, c'est Marcel Martin qui prit le volant. Goges et Hubes, se trouvant assis avec Bouboule sur la banquette arrière, ils tuèrent le temps en bavardant de tout et de rien. Entre ces deux plaisantins, les échanges amicaux s'avéraient de courte durée pour laisser rapidement place à ce besoin qui les habitait de prendre l'ascendant sur l'autre.

Goges avait ouvert les hostilités, mais malgré toute sa persuasion, il ne parvint pas à faire croire à son collègue qu'en Alsace les lapins pondaient des œufs à Pâques. Le Parisien le voyait dorénavant venir de loin lorsqu'il avait cet air goguenard, censé endormir la méfiance de son interlocuteur. Par contre, Hubes, plus sournois et qui s'était jusque-là moins livré à l'exercice, avait parfaitement étayé son petit discours sur les crustacés, très peu connus du grand public strasbourgeois, pour faire avaler à l'Alsacien que la langouste était la femelle du homard. Pour un peu, il lui aurait fait gober que leurs bébés s'appelaient les crevettes. Le triomphe du Parisien dans ce petit jeu n'avait certes aucun intérêt réel, mais le large sourire de Marcel Martin, qui écoutait la conversation sans quitter la route des yeux, lui suffisait comme motif de satisfaction.

C'est à la lumière des phares que la voiture arriva enfin à destination. Malheureusement, la tranquille ville de Friedrichshafen, habituellement bercée par le clapotis des eaux du lac de Constance, était envahie par des hordes de curieux, venus parfois de très loin pour voir le *Graf Zeppelin* dans son tour du monde faire étape dans son port d'attache.

Toute la ville était en fête. Les auberges et les brasseries débordaient de monde. Dans cette métropole devenue cosmopolite pour quelques jours et sur laquelle le monde entier avait les yeux rivés, on dansait sur des airs de musique allemande, mais également sur des tangos, du jazz et des foxtrots. Après tant d'années passées à manger du pain noir, les Allemands vivaient les exploits du LZ 127 comme un moment de renaissance de la grande Allemagne. Ou, du moins, pouvait-on dire qu'ils avaient le sentiment qu'un petit peu de leur fierté passée leur était rendue.

La localité n'ayant plus la moindre chambre d'hôtel de libre à leur offrir, la De Dion-Bouton parcouru encore bien des kilomètres, avant que les Strasbourgeois ne trouvent une auberge isolée en pleine campagne pour les héberger pour la nuit.

24

Le lendemain, à la première heure, Marcel Martin appela le bureau de sa brigade pour prendre des nouvelles. Marinette, s'attendant à son coup de fil, fut bien moins longue à décrocher qu'en temps habituel. Le résumé qu'elle lui fit du résultat des différentes investigations qu'il avait ordonnées, le laissa sur sa faim.

— Joseph Fischer a bien réussi à rafraîchir quelque peu la mémoire de Bébert, qui s'est soudain souvenu qu'il avait vu un homme s'enfuir de la cour au moment du crime. Mais sa description était très vague et semblait surtout motivée par l'envie qu'il avait de voir l'inspecteur quitter son établissement, sans commettre plus de dégâts.

— Il a fait beaucoup de dégâts ?

— Apparemment pas tant que ça, la vitre de la porte d'entrée du bar, un guéridon, un peu de vaisselle et deux ou trois hématomes d'après ce qu'il m'a raconté. Il ne devait pas être dans un grand jour notre Joseph.

— Et ce signalement ?

— Un homme de taille moyenne, costume sombre, cheveux noirs, en clair du tout-venant. Décrire sans rien décrire. Comme ils savent si bien le faire dans ce milieu, en faisant en même temps une tronche absolument pitoyable du genre « c'est tout ce que je sais », si vous voyez ce que je veux dire. En découvrant le p'tit numéro que le barman lui faisait et qu'il connaissait par cœur, Joseph avait bien compris qu'il n'apprendrait rien de plus ; il en est donc resté là.

— Je pense qu'il avait raison. Si Bébert savait quelque chose, il se serait plutôt laissé casser les os les uns après les autres que de balancer.

— Et du côté du Parti communiste ?

— Rien de très intéressant non plus. Armand Fleisch étant officiellement en voyage, Théodore et André ont essayé de sonder d'autres membres du parti. Mais, là aussi, comme dans le milieu des truands, il y a une loi du silence qui fait que tout le monde la boucle. D'après ce qu'ils m'ont raconté, les personnes interrogées avaient visiblement tellement les jetons qu'elles auraient refusé de leur donner l'heure, de peur que cela puisse leur retomber dessus. Le fin du fin est qu'aucun d'entre eux ne savait ce qu'était un « moscoutaire ».

— Bon, on ne peut pas dire que cela nous avance des masses. Et toi, de ton côté, tu as pu apprendre quelque chose ?

— Là, c'est encore plus limpide, la poule de Jeannot Dietrich ne travaille plus *Làngstross*. Bien évidemment, sans dire qui j'étais, je me suis méticuleusement coltinée toutes les filles qui tapinaient dans la rue hier soir et toutes, sans aucune exception, m'ont tenu le même discours : « Elle est partie sans laisser d'adresse ».

— Toutes les filles ? Félicitations Marinette. Tu as fait un véritable boulot d'enquêtrice, même si tu n'as pas été récompensée pour ta peine.

— Ce qui m'embête le plus dans cette mission que vous m'avez confiée, c'est que si j'ai été vue par une personne de mon entourage, ma réputation va en prendre un sacré coup.

— T'inquiète pas Marinette, si quelqu'un t'a vue t'attarder dans la *Làngstross* cette personne n'en pipera pas un mot, sauf à trahir qu'elle-même s'y trouvait, ce qu'elle ne souhaiterait certainement pas.

En raccrochant, l'inspecteur divisionnaire ne se faisait absolument aucun souci pour la réputation de sa jeune collègue. Si un journal se décidait un jour à publier la liste des clients de cette rue, nul doute que bien des couples voleraient en éclat et que nombre de personnes considérées d'une moralité à toute épreuve tomberaient du haut de leur piédestal.

En y réfléchissant, Marcel Martin trouvait tout de même curieux que le milieu de la *Làngstross* respecte aussi scrupuleusement la loi du silence, alors que l'enquête s'orientait vers un crime à caractère politique. Mais comme le commissaire avait pour habitude de se dire « Si je ne comprends pas tout, c'est que je ne sais pas tout », il garda cette interrogation dans un coin de sa mémoire en attendant qu'un nouveau pan du voile daigne se lever.

Après un bref compte rendu à ses collègues, les cinq hommes s'engouffrèrent dans leur véhicule automobile pour retourner à Friedrichshafen.

25

En approchant du zeppelin stationné dans son hangar, chacun à bord de la De Dion-Bouton eut un ressenti différent qui imposa un silence total à l'intérieur du véhicule.

Marcel Martin, en contemplant ce colosse des airs, pensa spontanément au Léviathan de la Bible. Cette créature dont Job vanta la force, la beauté… la puissance de sa mâchoire et dont il disait que « sur la terre nul n'est son maître, il a été créé pour ne rien craindre ». C'est vrai qu'il était difficile de se persuader que cette montagne volante pouvait être dirigée par seulement quelques hommes avec le concours néanmoins d'une horde de chevaux-vapeur.

Georges Schmidt se sentit incroyablement petit face à cette masse énorme. Tous ces hommes qui s'agitaient autour du dirigeable, ces filins tendus pour le maintenir et lui imposer de rester immobile le plongèrent dans le souvenir d'une des lectures de son enfance, *Les Voyages de Gulliver*. Dans ce beau livre que lui avait offert sa marraine et qu'il avait dévoré à plusieurs reprises, le pauvre Gulliver se trouvait dans une situation comparable, ficelé au sol par les Lilliputiens.

Hubert de la Grange se souvint du Dixmude, le seul dirigeable utilisé par les Français après-guerre, qui n'était autre qu'un zeppelin confisqué en 1920 à l'Allemagne au titre des réparations de guerre. Malheureusement, le projet avait tourné court. Trois ans plus tard, le Dixmude explosait en plein vol au large de la Sicile tuant cinquante-deux personnes. Depuis, nul en France n'avait essayé de se lancer à nouveau dans la construction d'un aéronef plus léger que l'air. Comme le dit si bien la mise en garde que l'on fait habituellement aux gosses : quand on ne connaît pas, on ne touche pas.

Bouboule ne voyait qu'une grosse saucisse et ne comprenait pas très bien ce qui pouvait pousser des hommes à réaliser des projets d'une envergure aussi démesurée et à des fins dont il n'avait que faire. Traverser les océans et les continents, quelle drôle d'idée tout de même.

Firmin, pour sa part, avait la sensation agréable de retrouver un très vieil ami. Un ami très cher, à qui il avait confié son existence à plusieurs reprises par le passé. Un ami fidèle qui avait toujours su le ramener à bon port après toutes les missions auxquelles il avait participé au-dessus des Îles britanniques. Mais un ami qu'il trouvait tout de même bien changé, puisque l'enduit noir dont étaient recouverts les zeppelins de combat pour les rendre invisibles du sol avait été remplacé par de l'aluminium qui lui donnait une belle couleur argentée. De plus, ce vieux compagnon avait quelque peu grandi, à moins que ce ne soit le *Stockfelder* qui ait rapetissé. Allez savoir !

C'est vrai que le *Graf Zeppelin* était encore plus grand que les derniers dirigeables utilisés par l'aéronavale impériale durant la Grande Guerre. Avec ses 236 mètres de long et ses 33 mètres de hauteur formant un volume de 105 000 m3, il en imposait et tenait à peine dans l'immense hall où il avait été construit. Sa structure en duralumin, un alliage révolutionnaire à base d'aluminium combinant légèreté et résistance, renfermait dix-sept ballons d'hydrogène pouvant emporter dans les airs une nacelle de 30 mètres de long sur 6 mètres de large.

Malgré l'heure précoce, il y avait déjà foule devant l'antre du monstre. De cette armée de curieux fusaient de toute part des commentaires et des exclamations. On s'interpellait de loin, toutes les langues s'y mélangeaient comme au pied de la tour de Babel, on riait, on applaudissait en lançant des hourras, un enfant pleurait au milieu d'une forêt de jambes d'avoir perdu ses parents. Des journalistes venus du monde entier, reconnaissables par leur carte de presse coincée dans le ruban enserrant leur chapeau, griffonnaient dans leur bloc-notes le texte qu'ils transmettraient ensuite par téléphone à leur rédaction. Les éclairs des photographes répandaient dans l'air des poussières de magnésium à l'odeur désagréable. Tandis que certains de leurs confrères tentaient de soudoyer le personnel de l'aérodrome, pour se faire prêter un escabeau qui leur permettrait un meilleur angle de prise de vue pour fixer les images sur la pellicule.

Les premiers rangs agglutinés à la barrière ne perdaient pas une miette du ballet des techniciens s'affairant pour que tout soit au point au moment du départ. Parmi eux, le docteur Hugo Eckener, commandant de bord et véritable maître d'œuvre du LZ 127, supervisait le bon déroulement des opérations. En distribuant des instructions à tour de bras, il faisait la démonstration qu'il était le chef suprême dans ce hall. C'était à lui, et à personne d'autre, qu'obéissait ce Léviathan et parmi les hommes en blouse blanche et pantalon noir ou en bleu de chauffe et salopette, personne ne se serait permis d'émettre la moindre objection à un de ses ordres.

Les hommes d'équipage étaient affairés à l'intérieur du dirigeable à vérifier que tout était en ordre, qu'aucun instrument ou outil n'avait été oublié. Des inventaires étaient réalisés dans les entrailles du monstre où étaient entreposés les vivres et les pièces de rechange. Après leur passage à la pesée, où ils ne devaient en théorie pas dépasser les vingt kilogrammes par personne, les bagages des passagers étaient portés à bord pour être déposés dans leur cabine.

26

Malgré l'aspect tout à fait captivant de ce spectacle, les hommes des Brigades du Tigre se reconcentrèrent très vite sur le but de leur mission. Goges ayant réussi à se procurer une liste des passagers en partance, celle-ci ne tarda pas à leur livrer le nom de la personne qui les intéressait.

Sept d'entre eux étaient à bord depuis Lakehurst. S'ils étaient tous de nationalité américaine à une exception près, ils avaient cependant des profils différents, trois journalistes, un milliardaire, un aviateur, un militaire de l'US Navy et un explorateur australien. Jusque-là rien de très particulier. Par contre, parmi les treize passagers qui se rajoutaient à partir de Friedrichshafen, hormis les journalistes, un scientifique, un milliardaire suisse, un médecin et un capitaine de corvette japonais, figurait le docteur Kaklin, représentant officiel de l'URSS. Il était prévu qu'il soit du voyage aussi longtemps que l'aéronef survolerait son pays et devait quitter l'expédition lors de l'escale à Tokyo. Voilà, à n'en pas douter, le personnage idéal pour emporter à Moscou les fameux documents volés sur la dépouille de Jeannot Dietrich.

— Il faut absolument savoir à quoi ressemble ce bonhomme, afin que nous puissions le surveiller de près, ordonna Marcel Martin. Il doit bien avoir, comme tous les autres, sa bobine quelque part dans un journal. S'il le faut nous irons éplucher tous les kiosques de presse de la ville pour nous procurer le numéro de la Pravda qui aura publié son portrait.

— *Firmin Ochsenschwanz, ja was machst du denn hier* (Firmin Ochsenschwanz, mais que fais-tu donc ici) ?

Comme des conspirateurs démasqués au moment où ils s'apprêtaient à amorcer un engin explosif, les cinq hommes sursautèrent de concert à cette phrase lancée à pleine voix au milieu de la foule. Firmin réagit aussitôt à cette interpellation tonitruante d'une manière tout aussi expressive, provoquant un deuxième choc pour ses collègues, qui ne s'étaient pas encore remis du premier !

— *Helmut, was für eine Überraschung !* (Helmut, mais quelle surprise !).

Les deux hommes tombèrent dans les bras l'un de l'autre. En attendant que ces deux grands gaillards tout en rires et en larmes se remettaient de leurs émotions, les inspecteurs toisaient ce fameux Helmut qui venait de leur tomber du ciel sans crier gare. L'homme était grand, un peu enveloppé, les cheveux blonds et raides tombant en frange sur son front. D'une quarantaine d'années, il portait l'uniforme des aérostiers, laissant aisément deviner les raisons de sa présence sur la base.

Ce n'était qu'après avoir repris ses esprits et s'être abondamment mouché dans un mouchoir immense, qu'il avait sorti de sa poche et recouvrait toute la figure, que Firmin annonça fièrement à ses amis que Helmut Staub était un de ses anciens compagnons d'armes. Un des rescapés de l'unité d'aérostiers de la marine qui avait payé un si lourd tribut durant la Grande Guerre.

La démobilisation s'était effectuée en 1918 dans un tel désordre, suite à la défaite et à la chute du Second Empire allemand, que les soldats des différents corps militaires s'en étaient retournés chez eux avec empressement, souvent sans le moindre papier de démobilisation en poche. Dans cette précipitation, ils furent nombreux à ne pas se soucier de garder des contacts avec leurs camarades. Beaucoup de sincères amitiés s'étaient terminées ainsi brusquement, mettant après coup du vague à l'âme. Mais, une fois revenus dans leurs foyers, il était impossible pour les anciens compagnons d'armes de se retrouver. Emportées par la débâcle, plus aucune administration n'était en mesure d'y remédier.

— Mais qu'es-tu devenu depuis tout ce temps Firmin, lui demanda l'Allemand curieux d'avoir de ses nouvelles ?

— Oh moi, je vis toujours chez ma mère et j'occupe un poste de secrétaire dans une petite entreprise strasbourgeoise. Comme tu peux le constater, rien de très particulier.

Comme il le faisait avec ses amis du Stockfeld, le jeune homme ne voulut pas se mettre en avant et préféra rester sobre dans ses explications. De plus, ayant parfaitement conscience du caractère confidentiel de la mission, il n'allait en aucun cas livrer tout de go, à quelqu'un qu'il n'avait plus vu depuis des lustres, la véritable raison de sa présence à Friedrichshafen :

— Avec quelques-uns de mes collègues, nous avons décidé de venir jusqu'ici, voir le *Graf Zeppelin* y faire étape pendant son tour du monde. Mais à aucun moment ne m'avait traversé l'esprit que je pourrais t'y rencontrer.

— Et moi donc, et moi donc, lui répondit son ami qui ne s'était toujours pas remis de ses émotions et n'avait de cesse de répéter, comme s'il cherchait à s'en persuader, *Firmin, de Firmin Ochsenschwanz, ja wer hätte sich das heute früh vorstellen können* (Firmin, Firmin Ochsenschwanz, mais qui aurait pu oser penser à une chose pareille ce matin) ?

— Et toi Helmut, lui demanda son camarade tout en toisant son uniforme, tu ne vas pas me dire que tu es toujours en service ?

— Et bien, figure-toi que si. Ou plus précisément, je suis redevenu un aérostier il y a quatre ans déjà. Quand j'ai appris que l'Allemagne avait à nouveau l'autorisation de construire des dirigeables, j'ai immédiatement proposé ma candidature qui a été acceptée, compte tenu de mes états de service durant la guerre. Depuis le lancement du LZ 127 en juillet de l'an dernier, j'occupe le poste d'officier-radiotélégraphiste à son bord.

Helmut, beaucoup plus loquace que son ami, raconta ensuite avec force détail l'aventure qu'avait représenté la remise en route de la fabrication des dirigeables sur les bords du lac de Constance. Tous les problèmes rencontrés, les diverses épreuves qui s'étaient succédées, l'indéfectible détermination du docteur Hugo Eckener, son caractère pas toujours facile. Les mésaventures vécues lors des vols précédents, et tout particulièrement durant la tentative de traversée de l'Atlantique de mai dernier, qui avait bien failli se terminer de manière dramatique.

— Pendant les grands voyages que nous effectuons, je passe donc le plus clair de mes journées à communiquer en Morse avec la terre entière. Tu te souviens encore du code Morse ?

— Si je m'en souviens encore ? Mais je n'ai pas oublié la moindre lettre de son alphabet. Lorsque je n'étais pas en mission, j'occupais souvent un des postes de radio-télégraphiste à la base. J'adorais ça.

Pour prouver que sa mémoire était impeccable, Firmin se livra soudain avec son camarade à un drôle de jeu

— Écoute : *Taa ti, ti ti ti ti ti taa taa, taa ti taa ti taa taa.*

L'Allemand lui répondit aussi sec :

— *Taa ti, ti ti ti ti ti taa taa, taa ti taa ti taa ti.*

Avant d'éclater de rire ensemble devant les quatre inspecteurs éberlués, ne comprenant pas quelle mouche venait de piquer les deux olibrius.

Ne se sentant pas absolument indispensable dans cet échange auquel il n'entendait rien, Goges fit signe à son supérieur qu'il allait faire un petit tour. En le voyant s'éloigner, Hubes et Bouboule firent un premier pas en arrière, puis un deuxième. Constatant que personne ne s'intéressait à eux, ils lui emboîtèrent le pas.

27

Tandis qu'ils déambulaient au milieu de cette immense prairie noire de monde, qui faisait office de piste d'atterrissage et de décollage de la base aéronavale, les trois policiers alsaciens tentaient de récolter des éléments qui puissent leur être utiles.

Avant toute chose, comme venait de le rappeler leur supérieur, il fallait repérer ce docteur Kaklin, ne plus le lâcher d'une semelle et tenter d'identifier le « moscoutaire » venu de Strasbourg aussitôt que celui-ci s'approcherait de lui dans le but de lui remettre les jeux d'écritures compromettants. Et alors, intervenir par tous les moyens pour empêcher ces papiers de changer de main.

À défaut de Moscovite ou de « moscoutaire », les regards experts des membres des Brigades du Tigre identifièrent dans la foule toutes les sortes d'individus malhonnêtes et sordides que comptait la lie de la société. Comme des charognards, ces derniers se sentaient immanquablement attirés par ce genre de manifestation, qui leur donnait l'opportunité de satisfaire leurs mauvais penchants. Des pickpockets étaient à l'œuvre, des filles de joie tentaient d'attirer discrètement des gogos avec des regards lourds de sens, de sales types profitaient des attroupements pour activer leurs mains baladeuses, des joueurs de bonneteau trouvaient toujours quelques naïfs à plumer, des faussaires tentaient d'écouler leur fausse monnaie en proposant d'échanger des devises à des taux défiants toute concurrence. En somme, parmi tous ces braves citoyens, ignorant tout du monde qui les entourait, s'activait tout un vivier de truands qui s'en donnait à cœur joie.

Bien que n'étant pas dans sa juridiction, Bouboule ne put s'empêcher d'écraser sa grosse paluche sur le faciès d'un peloteur qu'il venait de surprendre en flagrant délit. Après s'être relevé, celui-ci ne fit ni une ni deux et disparut sans demander son reste avec une tête rouge écarlate qui avait doublé de volume, tandis que la dame importunée adressait au colosse un sourire de remerciement. Le vol et l'arnaque, il pouvait encore les concevoir, ça… non !

— *Dura lex, sed lex*, se dirent d'un sourire complice ses deux collègues, les bras mi-écartés, les paumes de la main tournées vers le ciel, comme s'il s'agissait d'une fatalité.

Malgré tout le professionnalisme des trois inspecteurs, autant dire que leur quête ressemblait à une mission impossible. Parmi toutes ces têtes, parmi toutes ces langues que l'on découvrait à chaque nouveau pas, lesquelles étaient dignes d'intérêt ? Autant chercher une aiguille dans une meule de foin.

Mais, c'était sans compter sur ces coups de pouce du sort qui surviennent parfois dans des circonstances désespérées, pour redonner une lueur d'espoir au moment où on s'y attend le moins. À force de fureter à gauche et à droite, Goges et Hubes furent soudain frappés de stupéfaction. Leurs regards ayant par hasard porté simultanément au même endroit, ils s'arrêtèrent nets, tandis que Bouboule, continuant d'avancer, fut contraint de revenir sur ses pas lorsqu'il se rendit compte que ses collègues n'étaient plus à ses côtés.

Devant eux se tenait Armand Fleisch en grande discussion avec un petit bonhomme au crâne dégarni dont quelques résidus de cheveux crépus subsistaient sur les côtés. Les petites lunettes rondes cerclées de fer, la moustache et la barbichette en pointe de ce quidam le faisaient ressembler à Léon Trotski, lui donnant toute l'apparence d'un Soviétique. De surcroît, les quelques bribes de phrases qui parvenaient aux inspecteurs étaient dans une langue qui pouvait bien être du russe. Voilà pile-poil ce pour quoi ils avaient fait tout ce chemin !

Cependant, à leur grand regret, le petit bonhomme tenait un maroquin rouge à la main. La transaction venait vraisemblablement d'avoir lieu. Le dirigeant de l'antenne strasbourgeoise du PCF semblait très détendu, habité très probablement du sentiment de la tâche accomplie. En tout état de cause, il ne gesticulait pas comme un pantin, comme il l'avait fait lors de sa rencontre avec les deux inspecteurs. Le Russe, sans doute un habitué des missions de cet ordre, n'était pas plus agité. Aucun signe de nervosité n'apparaissait sur ses traits ni dans son comportement. Seul détail, ses petits doigts s'agrippaient si fortement à l'objet qu'il tenait que les dernières phalanges en étaient blanches, vidées de leur sang.

Pour le moins, voilà ce docteur Kaklin, voilà également le « moscoutaire » et vraisemblablement le *moujik hirsute* qui ne sont qu'une seule et même personne et voilà à quoi ressemblaient ces fameux documents.

Si l'enquête pour démasquer le criminel allait certainement faire un grand bond en avant dès leur retour à Strasbourg, pour récupérer cette pochette, il allait par contre falloir se lever de bonne heure.

La discussion entre les deux *tovaritchs* (camarades russes) dura le temps nécessaire pour mettre Bouboule au parfum et positionner les trois hommes en triangle et à bonne distance autour des deux communistes, prêts à intervenir dès que l'occasion se présenterait.

Malheureusement, l'opportunité de se saisir du maroquin ne se présenta pas. L'entretien terminé, le petit bonhomme franchit aussitôt le cordon de sécurité qui avait été mis en place autour du hangar du zeppelin. Puis il se dirigea vers l'aéronef où il allait selon toute vraisemblance mettre les documents en sécurité dans sa cabine. À moins de pénétrer comme un voleur dans la nacelle du *Graf Zeppelin*, il fallait se résoudre à considérer que le dossier hautement compromettant était dorénavant en partance pour le siège central du Parti communiste russe à Moscou.

28

Au terme de la partie de *taa ti*… à laquelle s'étaient livrés les deux anciens frères d'armes, Marcel Martin se décida à prendre la parole et tenta d'obtenir de la part du radiotélégraphiste un maximum d'informations qui pourraient lui être utiles.

Feignant un très grand intérêt, ses questions portèrent d'abord sur le zeppelin ; après quoi, il orienta progressivement la discussion sur l'équipage.

Celui-ci était composé de quarante hommes. Les postes nécessitant une attention de tous les instants étaient triplés, compte tenu de la durée du périple. Ainsi, se trouveraient à bord trois officiers pilotes, trois officiers de navigation et ainsi de suite, autant de barreurs de direction, de barreurs d'altitude, d'ingénieurs-mécaniciens et de mécaniciens pour chacun des cinq moteurs.

— Pareil pour les radiotélégraphistes, puisqu'on m'a adjoint deux assistants. Ainsi, l'aéronef sera en permanence à l'écoute du monde, même lorsque nous survolerons les endroits les plus éloignés de la civilisation jusqu'où ne porte aucun des postes de TSF terrestre. Sait-on jamais ! À ce propos, un de mes deux collaborateurs me donne des sueurs froides. Ce jeune homme, prénommé Ruprecht, toujours par monts et par vaux à courir les filles, a bien failli louper le départ de Friedrichshafen lorsque nous nous étions mis en route pour

Lakehurst. Ensuite, au moment de repartir pour revenir ici, c'est encore de justesse qu'il n'était pas resté cloué sur le sol américain. Et, depuis quatre jours que nous sommes de retour à Friedrichshafen, je n'ai pas la moindre nouvelle de sa part. Il a tellement de conquêtes à son actif, qu'il m'est impossible de savoir entre quels jupons il se cache ? Vous ne pouvez pas imaginer à quel point ça m'angoisse. Que vais-je faire si ce soir à vingt-deux heures, heure à laquelle tout l'équipage doit impérativement être à bord, il n'est pas là ?

Le sujet dévia ensuite sur les passagers. Il n'y en avait eu que sept au départ des États-Unis, principalement imposés par le magnat William Hurst, le mécène du projet, pour alimenter son groupe de presse en articles et en photos de cette première mondiale.

— Treize autres passagers vont se rajouter demain à l'expédition, dont quatre nous quitteront lors de notre escale à Tokyo, trois Japonais et un Russe, qui seront ensuite remplacés par trois autres japonais.

Voilà où le divisionnaire voulait en venir : obtenir des renseignements sur le voyageur russe. Celui-ci avait été imposé par le gouvernement soviétique pour pouvoir survoler son territoire. L'Union des républiques socialistes soviétiques, d'un naturel très méfiant, voyait d'un œil circonspect ce périple qui allait s'étendre sur une grande partie de son pays. La jeune nation n'ayant que sept ans d'âge vivait dans la crainte permanente qu'une puissance extérieure veuille s'en prendre à elle du fait de son idéologie que nul pouvoir politique n'aurait voulu voir s'implanter chez lui. De plus, il était vertement reproché sur la scène internationale à ces bolcheviks de ne pas honorer les dettes et les engagements contractés par la Russie des tsars.

Quoi qu'il en soit, cette expédition ayant été finalement considérée par les dirigeants de l'URSS, malgré leur paranoïa, d'un risque potentiel moindre, ils conditionnèrent l'autorisation de survoler leurs pays par la présence de ce personnage à bord. Qu'à cela ne tienne, les organisateurs du *World tour* acceptèrent cette contrainte, que leur avait par ailleurs également imposée le Japon.

Mais au sujet du docteur Kaklin, Helmut n'avait pas grand-chose à leur apprendre :

— Je ne l'ai entrevu qu'à une seule reprise et n'ai pour l'heure aucun avis sur sa personne. Mais, pourquoi me posez-vous cette question ?

— Oh, comme ça, par simple curiosité.

Marcel Martin s'était débarrassé de cette question gênante par une simple pirouette et il orienta immédiatement la discussion sur un autre sujet, pour ne pas éveiller les soupçons de son interlocuteur.

C'est à cet instant que le petit groupe vit Goges, Hubes et Bouboule revenir vers eux au pas de charge. Devant leur air déterminé, le commissaire divisionnaire laissa Firmin continuer à s'entretenir seul avec son ami et se posta un peu plus loin avec ses collègues.

— C'est foutu, les documents sont à bord du zeppelin.

Goges avait choisi de rentrer directement dans le vif du sujet :

— Les membres du PC qui ont raconté hier à Théodore et à André qu'Armand Fleisch était en voyage n'avaient pas menti, puisque nous venons de le voir en grande discussion avec le docteur Kaklin. Celui-ci portait une petite mallette en cuir à la main, qu'il a emportée ensuite directement à l'intérieur du *Graf Zeppelin* au terme de leur entretien. On s'était posté autour de lui pour lui tomber dessus et s'en emparer, mais c'était absolument impossible. Si nous avions levé ne serait-ce que le petit doigt, les policiers allemands du cordon de sécurité nous seraient tombés dessus.

Le commissaire ayant une sainte horreur que l'on se joue de lui ou de ses hommes lâcha un juron, avant de s'exclamer :

— Armand Fleisch, c'était donc lui le « moscoutaire » ! Quel salopard ! Attends seulement que nous nous retrouvions demain à Strasbourg, on va te faire passer l'envie de nous prendre pour des cons.

Goges, pris d'une soudaine envie de se lâcher, lui emboîta le pas en singeant avec force mimiques le dirigeant de l'antenne strasbourgeoise du PCF, dans le petit numéro de comédien auquel il s'était livré face à lui et à son collègue, pas plus tard que l'avant-veille :

— *Le nombre et les identités des « moscoutaires » dans notre parti ne nous sont pas connus.* On se doutait bien qu'il pouvait nous mentir, mais tout de même pas à ce point-là.

— C'est probablement lui aussi qui a envoyé l'affiche du *moujik hirsute* avec la menace de mort à Charles Hueber, renchérit le Parisien, faisant encore monter d'un ou de deux bars la pression dans la tête de son supérieur.

— On va-t'en faire une de ces caboches de *moujik hirsute* mon petit bonhomme, tu vas voir, tu ne perds rien pour attendre.

Tout en écoutant Helmut d'une oreille distraite, Firmin observait du coin de l'œil ses camarades et déduisit de leur agitation qu'il y avait du neuf.

À la grande satisfaction du *Stockfelder* tenaillé par la curiosité, Helmut lui annonça la mort dans l'âme qu'il allait devoir l'abandonner pour se consacrer aux mille choses qu'il avait encore à faire avant le départ. Après s'être promis de se retrouver en début de soirée pour passer un peu plus de temps ensemble et arroser dignement leurs retrouvailles, le radiotélégraphiste décampa en direction du hangar du zeppelin où redoublait l'activité.

29

Les hommes de la Brigade du Tigre passèrent le reste de la journée à fureter autour de l'immense hall abritant le LZ 127, dans l'intention d'y pénétrer en toute discrétion. La *Schutzpolizei* (police de sécurité) s'était fait un point d'honneur à ne rien laisser au hasard et y parvenait à merveille. Il n'y avait pas la moindre brèche dans leur dispositif de sécurité.

Si les consignes de leur hiérarchie avaient été aussi strictes, c'était dans le but d'éviter de reproduire la présence d'un passager clandestin, comme cela avait été le cas l'année précédente, lorsque le *Graf Zeppelin* était revenu de son premier vol transatlantique à son port d'attache. Les retombées médiatiques de ce fait divers furent considérables ; Clarence Terhune, un jeune new-yorkais de 19 ans avait su s'attirer toutes les sympathies en racontant ses péripéties aux journalistes. Cette expédition autour du monde ne pouvait cependant se permettre le luxe d'héberger un passager indésirable, la charge utile de l'aéronef ayant été calculée au plus juste.

Grâce à l'œil vigilant des policiers, ne passaient à travers le cordon de sécurité que les techniciens du *Luftschiffbau Zeppelin*, l'un ou l'autre passager venu s'assurer d'un détail, ou les personnalités politiques venues en délégation.

Ces dernières, en costume sombre soigneusement lustré, coiffées et gominées, se déplaçaient en groupes compacts et ressemblaient de loin à s'y méprendre à des colonies de pingouins évoluant d'un pas chaloupé sur la banquise. En affichant un air très intéressé, ils se faisaient expliquer plein de choses auxquelles ils ne comprenaient rien et qu'ils auraient complètement oubliées dès le lendemain. Leur seul et unique objectif était de se faire tirer le portrait devant le *Graf Zeppelin*, et figurer avec lui, le lendemain, à la une de la gazette locale.

En fin d'après-midi, la petite équipe s'était attablée dans le *Biergarten, Unter den Linden*, à deux pas de la base aéronavale, pour se reposer et étancher sa soif. L'ambiance autour de la table était morose et les échanges de paroles très peu nombreux se résumaient à quelques banalités. Les cinq splendides bières n'étaient pas parvenues à redonner le sourire en réhydratant les gosiers asséchés. Tout espoir était perdu, il fallait bien se résoudre à revenir à Strasbourg et informer Paris de leur échec.

À la table d'à côté, un jeune couple n'avait de cesse de se conter fleurette et de se bécoter. Marcel Martin s'évertua à leur tourner le dos, pour ne pas leur gâcher la vue en leur imposant sa gueule des mauvais jours. Bien que les amoureux parlaient à voix basse, quelques mots et des bribes de phrases parvenaient aux oreilles du divisionnaire. Les tables étaient en effet si rapprochées qu'il lui aurait suffi de retourner sa chaise sans la changer de place pour se retrouver attablé avec eux. Soudain, il sursauta en entendant la jeune femme appeler son soupirant par son prénom, Ruprecht. Sous prétexte de ramasser un objet qu'il aurait laissé tomber, le commissaire, en se penchant, jeta un discret coup d'œil derrière lui.

À n'en pas douter, le fringuant Casanova de la demoiselle n'était nul autre que le Ruprecht dont s'était plaint Helmut ; il portait le même uniforme que lui, les galons en moins. L'animal profitait donc de ses derniers instants avant le départ pour batifoler en charmante compagnie. Puis, le moment venu, il traverserait au pas de course la prairie qui le séparait du hangar et arriverait ainsi au tout dernier moment au pied de l'appareil, sans risquer d'être en retard. Ce jeune homme n'était donc pas aussi écervelé que voulait bien le penser son chef.

Fort de ce coup de pouce du destin, le cerveau de Marcel Martin s'emballa. Voilà l'occasion à ne pas manquer. Un plan audacieux prit rapidement forme dans son esprit, tandis que celui de ses collègues continuait à mariner doucement dans un océan d'amertume. Après avoir fait turbiner ses méninges à plein régime, frisant même la surchauffe, le commissaire divisionnaire arriva au bout de ses réflexions. Il donna alors un ordre aussi sec que s'il se fut trouvé derrière son bureau :

— On y va !

Un ordre est un ordre, même si celui-ci surgit en plein milieu d'une terrasse de bistro. Bien que surpris, les trois inspecteurs et Firmin se levèrent sans faire d'histoire. Les consommations réglées de manière hâtive par leur supérieur, ils quittèrent avec regret cette agréable terrasse à l'ombre des tilleuls, qui leur convenait parfaitement pour y broyer du noir.

Dans la rue, Marcel Martin rassembla ses hommes autour de lui et leur exposa le stratagème de très haut vol qu'il venait d'ourdir :

— J'ai une dernière idée, bien qu'elle soit totalement folle et même insensée. On va tout de même tenter de la mettre en application. Voilà ce qu'on va faire.

30

Goges, se tenant debout devant les deux amoureux, avec une coiffure modifiée à la hâte, portant sur son nez les lunettes de son chef et sur son dos la veste de Hubes, s'adressa au jeune homme dans un allemand teinté d'accent bavarois, pour lui annoncer avec un air innocent :

— Excusez-moi, on m'a chargé de vous dire qu'une personne demande à vous parler.

— Qui ?

Goges se contenta de répondre par un petit hochement de la tête ; Ruprecht piqua un fard, se doutant bien de qui ou plutôt de quel genre de personne il pouvait s'agir. Pour sûr, une de ses nombreuses conquêtes souhaitait lui faire ses adieux. Dans sa précipitation, il n'avait probablement pas assez bien brouillé les pistes pour empêcher la dulcinée de le pister jusqu'ici. Habitué à jouer les funambules dans de pareilles situations, il endormit sans coup férir la méfiance de son amoureuse avec un sens inné de l'à-propos :

— C'est certainement un membre de l'équipage ou une autre personne du *Luftschiffbau*. Ne bouge pas, je serai rapidement de retour.

« Ne bouge **surtout** pas », s'était-il dit en son for intérieur, craignant de briser un, voire deux cœurs, qui avaient encore tant à lui offrir. Il se leva d'un bond pour suivre l'émissaire, pressé de régler ce contretemps au plus vite.

Le semblant de déguisement de l'inspecteur alsacien Georges Schmitt s'avéra bien inutile. Comme le dit si bien l'adage, « les amoureux sont toujours seuls au monde », aucun des deux tourtereaux n'avait prêté attention aux autres clients du *Biergarten*. Ruprecht suivit donc l'émissaire avec une totale confiance.

À la sortie de l'établissement, Goges indiqua un bosquet dans lequel le bellâtre s'engouffra, pressé d'avoir la réponse à sa question. Malheureusement, tout ce qu'il y vit fut une myriade d'étoiles. Bouboule venant de lui allonger un pain dont il avait le secret, le jeune homme gisait au sol, totalement knock-out. Le manque de mesure de son inspecteur eut le don de sortir Marcel Martin de ses gonds :

— Mais merde ! Tu ne peux pas faire attention ? On t'avait dit de l'étourdir pour pouvoir le mettre dans la voiture et le bâillonner et toi tu lui colles en pleine tronche un coup de merlin à tuer un bœuf.

Bouboule, confus, chercha à expliquer maladroitement ce geste commis sans modération :

— Ben… *Dura lex*… et… et… je ne me souviens plus de la suite.

— D'abord cette locution latine n'est pas une excuse et ensuite, pour le côté *lex*, je te rappelle que ce n'est pas très légal ce que nous sommes en train de faire.

— ???

L'argumentaire du brutal inspecteur n'était certes pas convaincant, mais il eut pour le moins le mérite de rappeler à ses collègues qu'il n'était pas homme à qui confier des tâches à dosages homéopathiques… ni à qui on pouvait reprocher l'utilisation de locutions latines mal à propos.

Si le jeune homme s'en remettait, il pouvait, par contre, dire adieu à son joli petit nez qui avait fait chavirer le cœur de tant de jeunes filles. Avec cette grosse fraise qui s'affichait au milieu de la figure, qui perdra sa couleur, mais restera certainement largement épatée, Ruprecht était à un tournant de sa vie. Dorénavant, pour séduire, il devra abandonner son rôle de beau gosse au visage digne d'un tableau de Raphaël pour jouer dans le registre des durs à cuire, des aventuriers qui ont tout vu et tout vécu.

Lorsque Hubert arriva avec la De Dion-Bouton, le radiotélégraphiste, toujours dans les étoiles, fut chargé sur la banquette arrière sans que personne autour n'y prête la moindre attention. Des personnes ayant abusé de la boisson commençant à être affalées un peu partout, au terme de cette journée de forte chaleur, les quelques très rares témoins présents considérèrent que ce jeune homme avait lui aussi présumé de ses capacités à tenir l'alcool.

Emporté dans l'automobile jusque vers un coin tranquille, loin de la foule, il fut ficelé comme un saucisson, bâillonné avec un morceau de chiffon et recouvert d'une couverture avant d'être déposé dans le coffre du véhicule. Le pauvre jeune homme, définitivement hors d'état de réagir, il était à présent temps de passer à la phase suivante du plan de Marcel Martin.

Le commissaire divisionnaire, entouré de ses inspecteurs, s'adressa à son employé aux tâches administratives en lui posant la main sur l'épaule :

— Firmin, maintenant c'est à toi de jouer, tu sais ce que tu as à faire, tâche d'être à la hauteur. Le succès de cette mission repose désormais sur toi seul.

31

Firmin retrouva son compagnon d'armes au *Biergarten Unter den Linden*, à l'heure prévue. Leurs retrouvailles furent chaleureuses et nombre de bons et de moins bons souvenirs furent évoqués.

— Tu te souviens de ce cuisinier de la base aéronavale dont le nom m'échappe, tu sais le petit gros qui passait ses journées à regarder la photo de sa femme qu'il sortait en permanence de sa poche ?

— Jusqu'au jour où elle lui a malencontreusement échappé des mains pour atterrir dans une marmite remplie de soupe.

— De ce moment-là, nous n'appelions plus son épouse que la Goulasch Sophie.

— Çà y est, ça me revient, il s'appelait Gunther Bosch.

— Exact, qu'est-ce que ça pouvait l'énerver.

— Et Willy Franz, le mécanicien ?

— Alors lui, si je m'en souviens ? Il n'avait pas son pareil pour nous faire rire avec ses blagues plus que douteuses.

— Certaines étaient tellement raides que je n'ai jamais osé les raconter à quiconque, même pas à mes meilleurs copains.

— Tu m'étonnes, moi non plus. Il n'y allait vraiment pas avec le dos de la cuillère.

— Qu'est-ce qu'on a pu rigoler grâce à lui.

Ils évoquèrent également le souvenir de nombre de leurs camarades qui n'étaient pas revenus des missions de bombardements qu'ils avaient effectuées de nuit sur l'Angleterre. Bien des images leur revinrent en mémoire et, par moments, ils se turent pour se concentrer sur leurs souvenirs. Apparaissaient alors les scènes de combat de nuit les plus épouvantables, restées en mémoire, où se mêlaient les faisceaux des puissants projecteurs de la défense antiaérienne, les pointillés des balles traçantes de mitrailleuses, les explosions des obus de la DCA ainsi que des avions anglais et des dirigeables allemands tombant pêle-mêle comme des météorites enflammées, pour s'écraser au sol ou dans la mer.

Mais, au fur et à mesure que l'heure avançait, Helmut montrait de plus en plus de signes d'inquiétude :

— J'avais ordonné à Werner, mon deuxième radiotélégraphiste de venir me prévenir dès que Ruprecht serait à bord. Visiblement, ce foutu gaillard me refait le même coup que les fois précédentes. Tu ne peux pas t'imaginer à quel point ça me met les nerfs en pelote. Et je suis sûr qu'il va se comporter de la même manière aux différentes escales que nous allons faire durant ce tour du monde. Je ne serais jamais sorti de l'auberge avec un olibrius pareil dans mon équipe.

Firmin observa du coin de l'œil la jeune femme qui tenait tout à l'heure compagnie à l'infortuné jeune séducteur ; lassée d'attendre, elle se leva et quitta l'établissement avec un mouchoir à la main pour sécher ses larmes.

Pendant qu'elle passait à côté de lui, il se demanda si c'était le moment de proposer une solution au problème de son ami, comme son supérieur lui en avait donné l'instruction. Mais, jugeant l'officier radiotélégraphiste, assis sur des charbons de plus en plus ardents, pas encore tout à fait à point, il décida de laisser encore monter la température. L'enjeu était de taille. Il n'avait pas droit à l'erreur. S'il se livrait de manière trop hâtive, son ami pourrait avoir des soupçons.

La fixation que faisait Helmut sur son fantasque collègue ne lui permit plus de discuter d'un autre sujet. Il en était arrivé au point de ne penser plus qu'à ça :

— Un de ses quatre, je vais trouver une solution pour le remplacer ce Casanova à la noix et, ce jour-là, ce sera moi qui déciderai de le laisser à quai dans un quelconque endroit du monde. Il n'aura qu'à se débrouiller alors, ce gros malin, pour trouver un moyen pour rentrer chez lui.

Firmin se disant qu'il était à présent temps de passer à l'action se vit couper la parole par son ami, au moment même où il tenta d'ouvrir la bouche :

— Firmin, j'ai un très gros service à de demander.

Était-ce possible ? Le *Stockfelder* n'en revenait pas. Pour être certain de ne pas s'être mépris, il garda le silence.

— Je sais que ce n'est pas du tout évident pour toi. Qu'il y a un risque auquel tout l'équipage et les passagers ont accepté de souscrire après avoir longuement pesé le pour et le contre. Et toi, je viens brusquement t'en parler sans te laisser le temps de réfléchir. Mais Firmin, je suis dans un pétrin terrible si cet abruti de Ruprecht n'apparaît pas dans les prochaines minutes. Nous ne serions que deux pendant trois semaines de vol pour transmettre et recevoir les messages du *Graf Zeppelin*, en espérant que ni Werner ni moi ne tombions malades, ce qui serait définitivement la fin des haricots.

L'Allemand voyant son ami totalement coi, jugea utile de poursuivre dans la même veine :

— Le monde entier a les yeux rivés sur nous et ce fantastique défi pourrait capoter par la faute de ce seul imbécile.

Firmin s'était fait un sang d'encre à l'idée de négocier sa présence dans le zeppelin avec son copain et c'est maintenant lui qui l'implorait d'accepter. Il était bouleversé à l'idée qu'il était en train de faire un coup fourré à son frère d'armes, car il comptait bien quitter l'aéronef à Moscou dès le lendemain. Mais, malheureusement, l'enjeu était tel qu'il n'avait pas le choix. Firmin, pour se mettre un peu de baume au cœur et se donner du courage, se promit de retrouver Helmut par la suite pour lui expliquer les raisons de son comportement.

Ne sachant s'il devait avancer quelques excuses de circonstance au risque que son ami les prenne pour un refus catégorique ou s'il devait s'empresser d'accepter, ce qui pourrait en contrepartie paraître bizarre, il resta sans réaction, jusqu'à ce que son ami jette ses dernières forces dans la négociation :

— Firmin, je t'en supplie, accepte.

32

Voyant les deux hommes sortir du Biergarten et se diriger ensemble en direction de l'aéronef, les quatre policiers strasbourgeois poussèrent un ouf de soulagement. Le stratagème avait fonctionné ; ce diable de Firmin, se dirent-ils, avait réussi à convaincre l'officier radiotélégraphiste de le prendre à son service.

— Ce brave Firmin a véritablement des qualités que nous ne lui soupçonnions pas, l'encensa son chef devant ses subalternes, ravis d'avoir retrouvé espoir.

En continuant d'observer les deux silhouettes de loin, ses collègues les virent passer sans encombre le cordon de sécurité et approcher du hangar. Devant celui-ci, ils s'arrêtèrent pour s'entretenir avec un homme qui s'avéra être le Docteur Eckener. Visiblement, le commandant de bord ne fut pas long à convaincre, puisque très peu de temps après, ils s'engouffrèrent dans l'aéronef.

Les collègues de Firmin essayaient d'imaginer maintenant la suite des événements. Très probablement, le *Stockfelder* était en train de faire la découverte des entrailles du LZ 127, puis il serait présenté aux autres membres de l'équipage.

Le plus dur restait à faire pour lui ; selon les instructions de Marcel Martin, il fallait qu'il récupère les documents avant l'arrivée du *Graf Zeppelin* le lendemain matin à Moscou et qu'il les détruise d'une manière ou d'une autre avant de quitter discrètement l'aéronef. Il devrait ensuite se débrouiller pour rejoindre Strasbourg par le train ou par un autre moyen de locomotion, sachant que les bolchéviques avaient raccourci la ligne du Nord-Express, refusant dorénavant que Moscou soit son terminus.

Afin que la mère de Firmin ne s'inquiète pas de son absence, Marcel Martin avait promis qu'il irait personnellement la trouver dès le lendemain pour lui dire que son fils avait été dépêché d'urgence dans une autre brigade, à Lyon, à Bordeaux, à Marseille ou ailleurs, pour y assurer une mission de remplacement. Firmin trouvait certes ce prétexte un peu gros, mais il s'était dit que s'il venait de son chef, cela devrait passer.

Des coups sourds émanant du coffre de la De Dion-Bouton informèrent les policiers que le jeune séducteur avait repris ses esprits. Bouboule jugea à propos de ne pas dire ce qu'il pensait ; mais visiblement il n'avait pas frappé aussi fort que ça ! Le commissaire divisionnaire prit la parole pour s'adresser au captif en usant d'un ton calme et rassurant, bien qu'il ne fût pas possible à celui-ci de l'entendre au fond de la malle :

— Encore quelques heures de patience mon garçon, nous allons bientôt de libérer. Tu pourras alors à nouveau courir après les filles, tant que tu veux. Mais, pour nous éviter toute mauvaise surprise, je veux au préalable voir ce dirigeable s'envoler dans les airs. Et, ensuite seulement, tu pourras t'envoler à ton tour.

33

En cette soirée, à la veille du grand jour, c'était la fête dans l'immense hôtel du *Kurgarten*. Les flonflons allaient bon train. Les notes de musique s'échappaient des fenêtres grandes ouvertes pour s'élancer bien loin au-dessus des flots du lac et s'y évanouir dans l'obscurité. Les envolées de clarinettes et de saxophones, les roulements de tambour, les notes sourdes de la contrebasse crevaient les tympans des fêtards présents dans la salle de bal. Sur la piste de danse, dans la blancheur des lumières de la fête, des femmes aux robes laissant largement paraître leurs charmes virevoltaient aux bras d'hommes en costume sombre ou en uniforme, se mouvant aussi raides que des piquets. On y dansait jusqu'à s'étourdir, en s'enivrant des fragrances ou de quelques mots susurrés par son cavalier ou sa cavalière.

Une attention particulière était évidemment portée aux personnes qui étaient du voyage. On plaisantait avec elles, on riait de tout et de rien, comme si on cherchait ainsi à conjurer le sort. Mais, malgré toutes les précautions de langage, plus on avançait dans la nuit, plus les compliments prenaient des airs de condoléances. Des doutes polis venaient progressivement aux lèvres, bien qu'on se fût juré de n'en rien dire. Des airs tristes apparaissaient sur les visages, que des sourires forcés ne parvenaient plus à masquer.

Est-ce que toute cette liesse n'allait pas se transformer d'ici quelques jours en une immense tristesse ? Qu'adviendra-t-il durant ce périple des passagers, des membres de l'équipage du *Graf Zeppelin* donnés en pâture aux hasards de l'aventure ? Parmi eux, lesquels ne reviendraient pas vivants après avoir survolé des terres inexplorées, avoir été soumis aux aléas des conditions météorologiques de contrées inconnues ? Peut-être même que l'aéronef serait contraint à un atterrissage forcé dans un coin reculé du globe. Que se passerait-il alors ?

Même si on se forçait, dans cette ambiance festive, encore et encore à ne pas voir le danger, la crainte était bien présente dans la salle. Elle se lisait sur les visages au front plissé, sur les regards portés à la dérobée ; elle s'entendait dans les chuchotements discrets et se mesurait jusque dans l'ivresse de certains fêtards qui cherchaient à se rassurer en noyant leurs angoisses dans l'alcool.

Les péripéties hasardeuses de mai dernier étaient encore dans toutes les mémoires, lorsque le LZ 127, en route pour son second périple aux États-Unis, avait connu une défaillance simultanée de deux de ses moteurs, alors qu'il survolait la Méditerranée au large des côtes de l'Espagne. N'étant plus en mesure de s'attaquer à la traversée de l'Atlantique dans ces conditions, le docteur Eckener avait décidé de rebrousser chemin pour revenir à Friedrichshafen. Comble de malchance, alors que l'aéronef remontait le Rhône avec un puissant vent de face, deux autres moteurs avaient rendu aussi l'âme. Avec son seul moteur encore valide, tournant à plein régime, il était invariablement repoussé vers la mer. Ce n'avait été qu'avec beaucoup de difficultés et une certaine dose de chance que l'équipage était parvenu à se poser en pleine nuit, près de Toulon, sur la base de Cuers-Pierrefeu, évitant de justesse que le vaisseau n'aille s'abîmer en mer où il aurait été définitivement perdu.

Un appel lancé soudainement d'un ton solennel à travers la salle de bal interrompit à la fois l'orchestre, les danseurs et les discussions en cours, mais également fort à propos, les peurs et les angoisses qui envahissaient progressivement les pensées :

— Départ !

Déjà trois heures ! Dans un peu plus d'une heure, ce sera l'heure du décollage. Il n'y eut nul besoin de réitérer cette injonction pour qu'une tout autre ambiance prenne instantanément possession des lieux. Tandis que la majorité des gens se précipitait dehors pour rejoindre le hangar du zeppelin et assister à son envol, les passagers, paniqués à l'idée d'avoir oublié quelque chose, lançaient des ordres à tue-tête à des grooms qui n'en comprenaient pas la moitié dans le brouhaha ambiant.

Qui en voiture, roulant à tombeau ouvert sur la prairie, qui a pied, l'esprit embrumé par la fatigue et l'alcool, tentant dans l'obscurité de mettre un pied devant l'autre sans tomber ; dans un désordre total, une foule immense convergea vers le hall de garage du LZ 127.

Dans la nuit, illuminé uniquement sur sa partie inférieure par un éclairage installé pour la circonstance, le crépitement des flashs des journalistes et les phares des voitures qui approchaient autant qu'il était possible de le faire, le *Graf Zeppelin* était encore plus impressionnant qu'en plein jour. Venant de se réveiller, le Léviathan des airs, majestueux, semblait avoir pleinement conscience de l'ampleur du défi. Aux yeux des personnes présentes, il était beau, il était grand, même si on ne distinguait ni son sommet ni son extrémité. Ses cinq moteurs, vrombissant au ralenti à l'unisson, semblaient plus en harmonie que les talentueux musiciens de l'orchestre du *Kurgarten*.

Un cordon de sécurité de la *Schutzpolitzei* tenant les spectateurs à bonne distance ne laissa le passage qu'aux vingt passagers. Arrivés au pied de l'appareil, ceux-ci présentaient symboliquement leur billet de la *Hamburg Amerika Linie* à l'officier pilote von Schiller et à un homme d'équipage, avant d'escalader d'un pas alerte les quelques marches d'un escalier en bois et de s'engouffrer dans la nacelle, visiblement pressés d'être emportés dans les airs.

Une fois la porte de la gondole refermée, trois cents employés du *Luftschiffbau Zeppelin*, tirant par grappes humaines sur les multiples cordages appelés araignées et sur la rampe courant à la base de la nacelle, firent se mouvoir sur ses wagonnets le *Graf Zeppelin*, préalablement allégé de plusieurs sacs de lest. Au fur et à mesure que le dirigeable s'extrayait de son hangar, la police agrandissait avec autorité le périmètre de sécurité jusqu'à ce que l'appareil soit entièrement sorti. Son enveloppe revêtue d'aluminium le rendant aussi visible qu'en plein jour, les spectateurs restèrent bouche bée devant ses proportions gigantesques.

L'officier von Schiller, resté au sol, dirigeait la manœuvre en effectuant de larges signes des bras, en reculant au rythme du dirigeable, bien en face du poste de pilotage pour rester visible autant par les haleurs que par les aérostiers. Mettant les bras en croix, il donna ainsi l'ordre de stopper l'aéronef. Alors, d'un pas vif, il courut pour sauter dans la nacelle d'un des moteurs.

Puis un coup de sifflet strident ayant donné le top du départ, toutes les amarres furent larguées et les cinq moteurs Maybach à douze cylindres en V, développant chacun 530 chevaux, furent poussés à plein régime. Le gigantesque dirigeable prit très rapidement de l'altitude sous les acclamations des spectateurs qui agitaient les bras pour saluer les passagers qu'ils devinaient agglutinés aux fenêtres.

À 4h35, ce matin du 15 août, en plein milieu de la foule, Marcel Martin et ses trois inspecteurs virent l'aéronef s'élever dans les airs, avec une pensée émue pour leur collègue à bord. À présent, la réussite de leur mission ne reposait plus que sur les seules épaules de Firmin Ochsenschwanz en route pour Moscou. Les quatre hommes avaient la mine grave. N'était-ce pas une pure folie que d'avoir précipité leur camarade, simple employé aux tâches administratives dans l'unité strasbourgeoise des Brigades du Tigre, dans une telle aventure ?

Sans la moindre idée sur la manière dont il allait s'y prendre pour récupérer les fameux documents et encore moins dans quelles conditions il allait parvenir à quitter l'URSS et parcourir les 2 500 kilomètres pour revenir à Strasbourg, le *Stockfelder* voyait Friedrichshafen et le lac de Constance s'éloigner, dans les toutes premières lueurs de l'aube naissante, avec un réel pincement au cœur.

34

Tout bien considéré, le *Graf Zeppelin* présentait peu de similitudes avec les dirigeables à bord desquels Firmin était parti en mission de bombardement au-dessus de l'Angleterre plus de dix ans auparavant. S'il avait retrouvé, durant la visite que lui avait fait faire Helmut, les différentes fonctionnalités inhérentes à ces appareils, chaque détail avait été amélioré. De sa structure jusqu'au poste de pilotage, en passant par ses moteurs, tout avait été repensé de fond en comble par les ingénieurs du *Luftschiffbau Zeppelin*.

La grande découverte de l'ancien aérostier de la Grande Guerre était indéniablement les infrastructures dévolues au transport de passagers qui remplaçaient avantageusement, en charge utile, les bombes et les mitrailleuses. On y trouvait un splendide salon-salle à manger contenant quatre tables assorties chacune de quatre chaises, dix cabines à deux places avec couchettes convertibles en banquettes, des toilettes, une véritable cuisine. Le tout donnait au LZ 127 tous les aspects d'un palace volant. Par la similitude des agencements qu'il partageait avec l'*Albatros*, l'aéronef décrit dans *Robur le Conquérant* en 1886, ce vaisseau aurait été certainement fort apprécié par Jules Verne.

Si le carré de l'équipage, situé sous l'enveloppe protectrice, n'affichait pas le même faste ni la même vue, il restait tout de même une source d'émerveillement pour l’ancien soldat de la division d’aérostation de la marine allemande. Que de perfectionnements et d’aménagements nouveaux ! À l’époque, pour satisfaire un besoin naturel durant le vol, on se soulageait par-dessus bord…

35

Le dirigeable faisant route en direction d'Ulm à la lumière du petit jour, les trois télégraphistes s'étaient regroupés dans la salle de radio. Werner avait pris le premier quart. Le casque sur les oreilles, il notait sur des formulaires préimprimés les messages qui lui parvenaient et qu'il remettait à l'officier-pilote de service. À intervalles réguliers, l'officier de navigation lui ramenait les coordonnées de navigation et les données météorologiques qu'il transmettait aux postes de TSF au sol, qui parvenaient à capter leurs émissions, et les relayaient ensuite jusqu'à la base aéronavale de Friedrichshafen.

Firmin devait prendre la place de son collègue de huit heures jusqu'à midi et Helmut prendrait ensuite le relais. Puis Werner serait de nouveau d'astreinte, et ainsi de suite. Avant que sa nouvelle recrue ne prenne son service, son supérieur l'instruisit sur le mode de fonctionnement de ces appareils télégraphiques dernier cri, ainsi que sur les pratiques de communication internationales, à propos desquelles Firmin n'avait pas la moindre connaissance.

Compte tenu de la durée relativement courte avant que l'aéronef n'arrive à Moscou, le *Stockfelder* écoutait les explications avec autant d'attention qu'il lui était possible, alors que d'autres préoccupations se bousculaient dans son esprit. Il ne pouvait se permettre de perdre du temps pour exécuter sa mission. Mais dans l'immédiat, il lui était totalement impossible de prendre congé de ses collègues pour s'y consacrer.

L'aéronef survolait Ulm, une heure seulement après son départ, mettant ensuite le cap sur Berlin. Après un rapide coup d'œil à l'extérieur pour voir d'en-haut la splendide flèche de la cathédrale, pointée dans leur direction comme si elle montrait du doigt le LZ 127 à la foule immense rassemblée sur son parvis, Helmut continua son instruction en décrivant dans les moindres détails les faits et gestes qu'exécutait Werner.

Lorsque Firmin prit la place de son coéquipier, celui-ci resta à ses côtés pour l'assister, tandis que leur officier partait prendre un peu de repos avant son service. N'étant plus qu'à deux dans leur local exigu, ils purent faire un petit peu plus ample connaissance.

Werner Gantzer était un jeune homme discret, aux antipodes du fantasque Ruprecht, resté à quai pour raison d'État pourrait-on dire. Le malheureux devait d'ailleurs, à l'heure qu'il était, avoir recouvré sa liberté au bord d'une route de campagne et se poser bien des questions sur ce qui lui était arrivé. La manière dont le radiotélégraphiste expérimenté distillait savamment ses conseils à son équipier novice faisait ressortir sa personnalité. Il était aussi méticuleux dans l'exécution de son travail que constant dans son humeur. Cette égalité tenait peut-être au fait qu'il était bien moins beau garçon que son ancien collègue. Mais, de fait, le *Stockfelder* sentit qu'il allait très bien s'entendre avec lui.

Les odeurs de petit-déjeuner qui leur parvenaient depuis la coquerie titillèrent leurs narines. Derrière la paroi qui les séparait de la salle à manger, ils entendaient les passagers prendre place pour le premier service. La tasse de café et le morceau de brioche que leur apporta le jeune garçon de cabine, Ernst Fischbach, âgé de quatorze ans à peine, furent les bienvenus.

Au moment où l'aéronef passa au-dessus de Berlin, Firmin n'eut pas réellement le temps d'admirer la vue. Il suait à grosses gouttes pour recevoir et émettre les messages qui lui arrivaient en cascade de part et d'autre. Il faut reconnaître qu'en plus des nombreux envois radiotélégraphiques émis du sol, les sollicitations venant de l'aéronef étaient devenues bien plus conséquentes depuis qu'il avait pris son service. Les journalistes lui ramenaient à présent, à tour de rôle, les premiers communiqués qu'ils avaient compulsés à la hâte pour qu'ils puissent faire la une de l'édition du soir de leur quotidien.

La vie s'était totalement arrêtée lorsque l'ombre de l'énorme dirigeable était venue se promener au-dessus des habitations, jusqu'à la Porte de Brandebourg. Les trains, les tramways, les automobiles étaient tous à l'arrêt. Dans les rues, sur les toits des maisons, une foule bigarrée acclamait le majestueux *Graf Zeppelin*. Certains Berlinois prenaient des risques inconsidérés pour mieux voir, ou pour être mieux vus, en grimpant en haut des édifices, des réverbères ou au sommet des arbres. Le monumental aéronef redonnait par sa simple apparition de la dignité à tout un peuple vaincu qui tentait, depuis 1918, de se reconstruire en dépit des énormes contraintes qui lui étaient imposées par les nations victorieuses.

Malgré sa charge de travail, le radiotélégraphiste finit tout de même par se permettre quelques regards à la dérobée pour se faire une idée de l'accueil que leur faisait la capitale allemande. Mal lui en prit ! Il eut les larmes aux yeux en assistant à la renaissance de la fierté de ce pays qui fut le sien par le passé. Pour ne pas se laisser submerger par l'émotion, il jugea préférable de ne plus regarder dehors et se concentra obstinément sur son travail, espérant ainsi dominer ces sentiments douloureux.

Après avoir effectué trois tours triomphaux au-dessus de la cité, permettant aux journalistes de parachuter leurs papiers dactylographiés trop volumineux pour être radiotélégraphiés et aux photographes leurs premières pellicules de films utilisées depuis Friedrichshafen, le LZ 127, après avoir donné quelques derniers coups de sirène, remis le cap au nord-est en direction de Stettin, en reprenant sa vitesse de croisière de 110 km/h.

36

À la fin de son service, Firmin, fourbu par quatre heures de concentration intense, voulut rejoindre le carré de l'équipage pour s'y restaurer et se reposer un temps, afin de se remettre d'aplomb avant de se préoccuper de sa mission. Pour cela, il lui fallut traverser la salle à manger, ce qui lui donna le loisir de découvrir les passagers qui avaient investi le lieu.

Lady Grace Hay Drummond-Hay était la seule femme à bord. Épouse du diplomate Robert Hay Drummond-Hay, décédé trois ans auparavant, elle vivait son veuvage en parcourant la planète à plein temps. Cette globe-trotteuse invétérée, travaillant pour le groupe de presse de William Hearst, le principal bailleur de fonds de cette expédition, était encore le 4 juillet dernier au Japon avant de traverser le Pacifique, effectuer un crochet par le Canada, pour rejoindre Lakehurst où elle embarqua à bord du *Graf Zeppelin*, le 8 août. Cette charmante journaliste, mettant un point d'honneur à changer de robe plusieurs fois par jour pour soigner son élégance, était assise à une des tables et tapait avec entrain ses articles sur sa machine à écrire.

Le colonel Iselin, originaire de Zurich, un des deux passagers payants, photographiait le paysage à tout-va, tout en suivant l'itinéraire du LZ 127 sur les cartes qu'il avait pris soin d'emporter dans ses bagages. Les pellicules se succédaient dans son boîtier à un tel rythme qu'il était légitime de se demander s'il lui en resterait ne serait-ce que l'une ou l'autre, pour immortaliser les contrées inexplorées qui les attendaient derrière les monts de l'Oural ?

Le plus remuant des personnages à bord était incontestablement l'autre passager ayant largement délié les cordons de sa bourse pour faire partie de cette expédition. Le jeune et élégant milliardaire américain William B. Leeds n'avait en effet rien trouvé de mieux que d'apporter son phonographe et de s'en servir pour abreuver sans interruption un auditoire, qui n'avait rien demandé, avec un pot-pourri d'airs de jazz, de mélodies nostalgiques du folklore américain, de chants hawaïens et de bien d'autres tendances musicales tout aussi surprenantes. Le docteur Eckener avait bien tenté de s'opposer avec beaucoup de véhémence à la présence à bord de son vaisseau de cet objet incongru, mais ce passager, ayant payé sa place et l'ensemble de ses bagages s'avérant en deçà du poids maximum autorisé, avait fini par obtenir gain de cause au détriment du pacha en personne.

L'explorateur arctique, George Wilkins, et l'océanographe, Heinrich Seilkopf, qui s'entretenaient ensemble tout en admirant d'un air un peu blasé le paysage à travers la baie vitrée, n'étaient pas en reste au registre des originalités. Il faut bien reconnaître qu'avec leur décontraction, mains dans les poches, cheveux en bataille et barbe de quelques jours, ils tranchaient nettement avec Jack Richardson et Charles Rosendahl, les deux officiers américains qui se tenaient à côté d'eux. Ceux-là ne se déparaient pas de leur rigueur, quand bien même ils étaient en tenue civile, leur uniforme étant resté suspendu sur un cintre dans leur cabine. Il était tentant d'imaginer ces représentants de l'US Navy dormant la nuit, l'un au-dessus de l'autre, en position de garde-à-vous.

Les autres passagers s'étaient soit retirés dans leur cabine, soit étaient partis à l'aventure, explorant les entrailles du mastodonte des airs au risque de se perdre dans ses tréfonds.

Firmin, en observant les uns après les autres les visages qui s'offraient à lui, se demanda comment cette sorte de ménagerie humaine, confinée dans un espace aussi restreint, allait bien pouvoir s'y prendre pour s'entendre durant toute la durée du périple.

En marchant dans le corridor qui s'étirait entre les deux rangées de cabines, il eut l'heureuse surprise de voir une porte s'ouvrir et de reconnaître dans son encadrement le docteur Kaklin. Le Russe, marquant soudain un temps d'arrêt en le fixant du regard, le *Stockfelder* devint pâle à l'idée qu'il ait pu deviner ses intentions. Au terme d'une poignée de secondes qui sembla interminable à notre héros, le Soviétique se décida finalement à lui poser une question :

— Vous portez bien curieusement votre uniforme. Celui-ci est-il vraiment adapté à votre taille ?

Le radiotélégraphiste, se sentant soudain terriblement mal fagoté, vira aussitôt du blanc au rouge. Il est vrai que Helmut n'ayant pas de tenue plus adaptée sous la main, le *Stockfelder* se promenait dans ce fleuron de l'industrie aéronavale allemande avec un pantalon qui laissait voir ses jarrets, une veste dont les manches s'arrêtaient aux deux tiers des avant-bras et une chemise qui souffrait à la fois d'un manque de tissu en bas pour rentrer correctement dans son pantalon et d'encolure en haut pour pouvoir boutonner le col. Sa casquette, à la circonférence insuffisante, était simplement posée sur le haut de sa tête. S'étant ressaisi après cette fausse alerte, il répondit très humblement :

— Non, pas vraiment, mais j'ai oublié le mien chez moi et c'est pour cette raison qu'on m'en a prêté un autre qui n'est effectivement pas tout à fait adapté à mes mensurations.

— Pas tout à fait ! On peut effectivement considérer cela de cette manière !

Sans demander son reste, Firmin poursuivit son chemin, à la fois désolé de s'être fait remarquer d'une manière aussi stupide, mais également très heureux de connaître la cabine dans laquelle devait se trouver le maroquin rouge qui contenait les documents qu'il devait absolument faire disparaître avant le lendemain.

37

En survolant Dantzig sur les coups de quinze heures, l'aéronef mit le cap en direction de l'est et longea les côtes de la Baltique. Firmin devant reprendre son service à vingt heures, il lui restait encore une large plage de temps libre après s'être reposé un peu. En vertu du règlement de bord, pendant ses moments de relâche, l'équipage ne devait apparaître dans l'espace dédié aux passagers que pour des raisons impérieuses. Mais les radiotélégraphistes, donnant un coup de main à leur collègue d'astreinte en distribuant les dépêches, n'étaient pas tenus de respecter cette consigne. Notre aérostier pouvait donc vaquer à sa guise, d'un bout à l'autre de l'aéronef, sous le prétexte d'une activité comparable à celle exercée par les concierges des palaces et autres hôtels de grand standing.

Helmut, qui assurait son quart, se réjouissait de l'aide qu'il lui apportait autant qu'il s'en inquiétait :

— C'est très gentil de ta part Firmin de distribuer le courrier pour moi, mais tu sais, nous ne serons pas à Tokyo avant quatre jours, tu ferais mieux de garder tes forces pour plus tard.

Le *Stockfelder* avait bien de la peine en imaginant la déception qu'aurait son ami lorsqu'il aura disparu le lendemain dans Moscou sans laisser de trace. En attendant, il continuait à parcourir l'aéronef dans toute sa longueur, du poste de pilotage jusqu'aux locaux techniques situés dans la queue de l'appareil, en passant aussi souvent que possible par l'espace passager.

Ces allées et venues avaient bien évidemment pour but d'épier les agissements du docteur Kaklin. Malheureusement, celui-ci ne sortait qu'à de très rares occasions de sa cabine et y retournait aussi vite que possible. Le Russe partageait sa chambre avec Geronimo Megias, le médecin personnel du roi d'Espagne, Alphonse XIII, qui, se prêtant pour sa part de bien meilleure grâce aux civilités en usage entre passagers, aimait s'attarder longuement dans le salon-salle à manger.

Lorsque notre concierge improvisé avait l'occasion d'apporter un pli au représentant officiel de l'URSS, il jetait à chaque fois un coup d'œil rapide à l'intérieur de la cabine avant que la porte ne se referme. Visiblement, celui-ci dormait en bas et l'Espagnol occupait la couchette supérieure. Si seulement le bolchévique voulait bien baisser la garde et quitter un peu sa tanière pour qu'il puisse y effectuer une visite éclair. Les espaces de rangement étant peu nombreux, le maroquin ne serait certainement pas difficile à trouver. Ensuite, il ouvrirait la fenêtre, balancerait le tout dehors et le tour serait joué. Ce n'était probablement que l'affaire d'une poignée de secondes. Encore fallait-il que ce court laps de temps lui fût offert.

Firmin fut malheureusement contraint de reprendre son service à la suite de Helmut avec l'énorme regret de n'avoir pu commettre son « forfait ». Mais les événements allaient s'emballer d'une manière totalement inattendue, au moment où la frontière de l'URSS fut franchie aux alentours de 20h30.

Les échanges radio avec les autorités russes prirent progressivement une telle d'ampleur qu'aucun autre message ne pouvait plus être transmis, au grand dam des journalistes. Poussé par les circonstances, le docteur Kaklin était enfin sorti de sa cabine afin de s'entretenir avec le docteur Eckener. La discussion entre les deux hommes était pour le moins houleuse, comme notre radiotélégraphiste pouvait s'en apercevoir à chaque fois qu'il entrait dans le poste de pilotage pour remettre un nouveau message, tantôt au capitaine du vaisseau, tantôt au représentant à bord des autorités soviétiques.

Cette tension trouvait son origine dans les bulletins météo émanant de Moscou, qui se montraient de plus en plus menaçants. Et à chaque nouveau bulletin, le ton montait encore un peu plus.

Compte tenu de ce climat tendu qui ne semblait pas vouloir s'apaiser, le Russe n'était pas près de retourner dans sa cabine. Firmin en conclut que c'était le moment idéal pour tenter sa chance. Prétextant un besoin urgent d'aller aux toilettes, il sollicita Helmut afin que celui-ci le remplace. Ce dernier s'y prêtant naturellement de bonne grâce, le *Stockfelder* partit d'un pas décidé vers l'arrière de la nacelle. En traversant le salon-salle à manger, il aperçut Geronimo Megias en conversation avec Lady Grace Drummond-Hay. La tête d'ahuri du docteur espagnol trahissait la fascination que lui procurait cet entretien qui n'était pas près de s'interrompre. Dans le couloir des chambres, il ne trouva pas âme qui vive ; les planètes étaient donc parfaitement alignées pour ce qu'il avait prévu de faire.

Avant que quelqu'un ne vienne, il se précipita dans la cabine du russe sans même frapper, comme il aurait été prudent de le faire, puis il referma la porte derrière lui pour se soustraire aux regards indiscrets. Firmin jouait gros et il le savait ; que se passerait-il s'il était surpris à cet instant par un des occupants ? Sans se poser ce genre de question qui aurait pu lui faire perdre ses moyens, il garda la tête froide et resta concentré sur son objectif.

Il ne fut pas long à trouver ce qu'il cherchait. Ayant sorti la liasse de papiers de la pochette, qu'il remit soigneusement à sa place, il ouvrit la verrière de la cabine pour la balancer dehors. Mais, soudain envahi d'un doute, il interrompit son geste. Malgré l'heure tardive, il faisait encore plein jour sous cette latitude et la tempête qui prenait forme au-dessus de la capitale soviétique faisait tournoyer l'air en des volutes imprévisibles jusqu'aux abords de l'aéronef. Craignant que ces papiers n'effectuent des arabesques en tous sens et puissent être vus par des passagers regardant par les fenêtres, ou par les mécaniciens affectés aux cinq moteurs situés dans le prolongement de la nacelle de l'appareil, il se ravisa.

Après avoir caché ces documents tant bien que mal sous sa veste, il sortit de la cabine en direction des toilettes de l'équipage, plié en deux, en se tenant le ventre comme si ses intestins le faisaient souffrir. La chance ayant décidé de lui sourire encore, il ne croisa personne.

Dans le ventre de l'aéronef, il se mit à la recherche d'un endroit discret où personne ne pourrait trouver ces papiers, en attendant que de meilleures conditions s'offrent à lui pour les jeter par-dessus bord en toute discrétion. Après être monté par une échelle sur la coursive médiane où les passagers ne venaient pour ainsi dire jamais, il s'accrocha à une structure en duralumin, avec l'agilité d'un singe, pour atteindre l'enveloppe de l'aéronef en effectuant des pas chassés à la façon d'un alpiniste sur une corniche. Là, il coinça les fameux documents entre la structure et la toile. Avec sa longueur de 236 mètres et sa hauteur de 33 mètres, ce serait bien le diable si un des mécaniciens, inspectant régulièrement l'état général de l'appareil, tombait sur cette cachette de manière fortuite.

Revenu sur la coursive, il s'assura qu'aucun bout de papier n'était visible de la passerelle, quel que soit l'endroit où on s'y tenait. Il prit également soin de bien vérifier qu'il ne subsistait aucune trace sur les agrès de son numéro d'acrobate susceptible de le trahir. Puis, enfin rassuré par une méticuleuse inspection, il se remit en route au pas de charge en direction de la nacelle.

38

À son retour dans la salle de TSF, Firmin s'excusa auprès de Helmut du temps qu'il lui avait fallu. Mais le brave homme n'y avait vu aucune malice :

— Mais Firmin, ça arrive à tout le monde. Quand ça presse, ça presse et ensuite, parfois, ça ne vient pas !

Avant de partir dans un grand éclat de rire. Le *Stockfelder* lui rendit la politesse en riant du même rire entendu, tandis qu'il reprenait sa place.

— Au fait, rajouta l'officier, pendant ton absence la décision a été prise.

— Quelle décision ?

— Mais, celle de ne pas passer par Moscou.

Firmin changea de couleur.

— Comment ça, nous ne ferons pas escale à Moscou ?

— Mais, mon ami, il n'a jamais été question de faire escale à Moscou.

À son insu, un léger trémolo apparut dans la voix du radiotélégraphiste :

— Mais, c'était pourtant bien écrit dans les journaux et tu le disais également, pas plus tard qu'hier, que nous passerions par Moscou.

— Que nous passerions par Moscou, effectivement. Comme nous sommes passés par Ulm, Berlin ou Dantzig et bien d'autres villes encore, mais il n'a jamais été question que nous nous posions dans toutes ces localités. Tu t'imagines le temps qu'il nous faudrait pour faire notre tour du monde, si nous faisions étape dans chacune d'entre elles ?

— Peut-être pas dans toutes les villes, je l'entends bien, mais j'avais cru comprendre que nous ferions tout de même une halte dans la capitale russe.

— D'abord, les conditions météorologiques ne s'y prêtent pas, tu as pu lire leurs bulletins comme moi. Ensuite, tu sais bien que l'Allemagne n'étant pas particulièrement liée d'amitié avec le pouvoir bolchévique, il n'y avait aucune raison sérieuse pour que nous planifiions cette étape. En conclusion, plutôt que de braver cette tempête, nous allons prudemment la contourner par le nord. Et… de toute façon, quelle importance ?

« Quelle importance, quelle importance » c'était vite dit ! La manière de voir la suite des événements venait de s'écrouler dans l'esprit de Firmin, qui laissa passer un message moscovite dans sa totalité, sans en prendre la moindre note. Absorbé dans ses pensées, il tenta de se convaincre de ce changement de programme en se répétant en boucle cette simple phrase :

— Je vais donc faire le tour du monde ! Moi Firmin, je vais donc devoir faire le tour du monde pour pouvoir à nouveau rentrer chez moi !

Jusqu'à ce que son supérieur, inquiet, le ramène sur terre, ou plus exactement à bord de l'aéronef :

— Firmin, ça n'a pas l'air d'aller, tu veux que je te remplace ?

— Non, non, ça va aller ne t'inquiète pas, lui répondit-il, avant de demander au radiotélégraphiste russe de renvoyer son message, en prétextant une mauvaise communication du fait de la tempête qui sévissait.

— J'espère que tu n'es pas malade.

— Non, non Helmut, je te le dis, ne te fais pas de souci, ça va aller.

L'officier, moyennement rassuré, resta encore un temps dans les parages malgré sa fatigue. Après avoir observé discrètement son ancien frère d'armes pendant un moment, il considéra qu'il s'était entièrement remis de son accès de faiblesse et partit se retirer dans le carré de l'équipage.

Si la météo était tempétueuse au-dessus de Moscou, elle ne l'était pas moins dans l'esprit des autorités bolchéviques qui fulminaient à l'égard du docteur Eckener, depuis l'annonce de sa décision.

Il semblait que même le transmetteur russe avait été contaminé par cette frénésie, puisqu'il émettait les missives à une vitesse qui dépassait l'entendement. Les *taa ti, ti ti ti ti ti taa taa, taa ti taa ti taa taa* endiablés envahissant littéralement la salle de radio, Firmin devait se concentrer au maximum pour ne rien laisser échapper. Le son du phonographe de William B. Leeds, qui continuait imperturbablement à débiter son florilège musical dans la pièce voisine, ne lui facilitait pas la tâche. Et dès qu'un message était terminé, avant même qu'il n'ait été remis à son destinataire, il était déjà suivi d'un autre, transmis avec tout autant de verve.

À chaque nouvelle dépêche que le radiotélégraphiste ramenait en coup de vent dans le poste de pilotage, il put se rendre compte de la détermination du docteur Eckener, qui ne bougea pas plus pour revenir sur sa décision, que s'il avait eu ses deux pieds pris dans le béton.

Les autorités bolchéviques eurent beau alterner les messages prometteurs et les invectives les plus menaçantes, rien n'y fit. Le pacha avait pris sa décision une bonne fois pour toutes. Il était hors de question de faire ce détour, de risquer d'endommager l'appareil et de compromettre ce premier tour du monde par la voie des airs, pour survoler une ville à trois heures du matin dans des conditions météorologiques aussi déplorables.

Dans le poste de pilotage, le docteur Kaklin tentait vainement de venir en aide à ses compatriotes au sol en faisant les gros yeux et en hurlant de rage face au commandant de bord du *Graf Zeppelin* entouré de son état-major au grand complet. Celui-ci lui marquait son soutien par sa présence. On sentait bien, parmi ces hommes à l'air impassible, que certains se seraient fait un grand plaisir de balancer le colérique individu par-dessus bord pour lui apprendre à ne pas parler de la sorte au prestigieux docteur Hugo Eckener.

Ayant conscience que la partie était définitivement perdue, les derniers messages bolchéviques devinrent soudain glaçants. Nul doute que si le LZ 127 devait connaître un ennui le contraignant à atterrir sur le sol russe ou à requérir d'une quelconque autre manière l'aide des autorités soviétiques, celle-ci resterait lettre morte.

À chaque dépêche que Firmin avait délivrée dans le poste de pilotage, quel qu'en soit le destinataire, le docteur Kaklin n'avait jamais manqué de le détailler du regard de la tête aux pieds, comme il l'avait fait lors de leur première rencontre à bord du vaisseau. Cette manière appuyée qu'il avait de lui faire sentir à quel point il considérait peu à son goût son accoutrement, eut le don d'agacer quelque peu le *Stockfelder*. En voyant les deux yeux globuleux, grossis par l'épaisseur des verres de ses lunettes, pointés dans sa direction, il se disait : « Puisqu'il n'y a pas de tailleur à bord, il va bien falloir qu'il s'y fasse à cette tenue, que celle-ci lui plaise ou non ».

Firmin ne s'était cependant pas emporté plus que cela face à ce comportement déplacé et lui avait retourné un regard volontairement stoïque. Il avait même fini par en rire intérieurement en songeant :

— Mon pauvre, je comprends bien que tu t'énerves de la sorte, puisque tu comptais parachuter sur Moscou les documents qui t'ont été confiés par Armand Fleisch, comme le firent les journalistes avec leurs papiers sur Berlin. Mais la météo en a décidé autrement et tu ne connais pas encore la petite farce supplémentaire que je t'ai réservée. À ce moment-là, je te garantis que tu vas littéralement te mettre à fumer par les oreilles.

39

Allongé sur sa couchette, Firmin réfléchissait en attendant de trouver le sommeil. Après tout, même si cette escale dans la capitale russe n'avait jamais été dans les projets de l'expédition, ce qui le contraignait à faire le tour du globe et l'empêchait d'être de retour dans son foyer avant un bout de temps, est-ce que cette situation n'était pas plus simple pour lui ? Depuis la veille, il s'était préparé dans sa tête à s'aventurer dans les dédales de la mégalopole moscovite pour trouver un moyen de transport qui l'aurait ramené chez lui, non sans avoir bravé la barrière de la langue, changé en devises les francs que lui avait confiés Marcel Martin et joué à cache-cache avec des douaniers probablement très tatillons à chacune de frontières qu'il lui aurait fallu traverser. En échange de ces mille épreuves périlleuses, il lui suffisait le plus simplement du monde de rester tranquillement à bord du LZ 127, en attendant que celui-ci le ramène à son point de départ.

À son grand regret, il ne lui était malheureusement pas possible d'informer ses collègues de ce changement de programme, bien qu'il occupât le poste de radiotélégraphiste. Un comble ! Mais ne dit-on pas que les cordonniers sont toujours les plus mal chaussés ? Qu'importe ! En lisant les éditions de *L'Elsässer* qui allaient paraître dans les prochains jours, les fins limiers de la Brigade strasbourgeoise de police mobile seraient bien assez perspicaces pour déduire qu'il continuait ce voyage jusqu'à son terme.

En se remémorant le coup d'éclat qu'il avait accompli dans la cabine du Russe, il prit conscience, avec le recul, que son audace aurait pu lui coûter très cher s'il avait eu le malheur de se faire prendre. Néanmoins, les documents compromettants étant à présent hors d'atteinte, il était préférable pour le moment de les laisser dans leur cachette, plutôt que de risquer de se faire surprendre en allant les récupérer. En voulant trop bien faire et vouloir à tout prix les jeter hors de l'aéronef pour suivre les instructions de son supérieur à la lettre, ne s'exposerait-il pas stupidement à tout faire capoter ?

Il entendit son voisin du dessus qui, en se retournant, faisait gémir l'armature en aluminium de sa couchette et grincer les cordelettes qui rattachaient le côté en porte-à-faux à la paroi. Ce sommeil agité et les ronflements des autres membres d'équipage n'eurent pas pour effet de le perturber. Tous ces bruits étaient amoindris, feutrés, ouatés par le ronronnement rassurant des cinq moteurs et le frottement de l'air contre la carène du vaisseau aérien, qui survolait imperturbablement, dans une nuit d'encre, des contrées inconnues et peut-être hostiles en se moquant de leurs potentiels dangers.

L'employé de bureau des Brigades du Tigre s'endormit le cœur léger ; sa mission était en bonne voie et, de plus, il n'allait pas se trouver dans l'obligation de décevoir son ami Helmut, en disparaissant comme un abominable voleur.

40

Le lever du jour dévoila aux yeux des passagers un paysage sublime. La tempête avait disparu. Dans un ciel d'azur ne subsistaient plus que quelques nuages inoffensifs. Dans ces plaines de la Russie européenne qui s'étendaient jusqu'aux contreforts des monts de l'Oural, des forêts apparaissaient à perte de vue, dans toutes les directions. Des cours d'eau sillonnaient, tels des serpents, ces océans de verdure en prenant des couleurs argentées lorsque les rayons du soleil venaient s'y refléter. Des surfaces sombres marquaient l'emplacement des lacs et des étangs. De quelques bourgades isolées s'élevaient les clochers surmontés de dômes dorés en forme de bulbes des églises orthodoxes. À cette altitude, on devinait à peine les croix à trois traverses, propres à cette confession, dont les lieux de culte étaient surmontés.

« Voilà donc le pays des *moujiks* », s'était dit Firmin en jetant son premier regard dehors, tout en se remémorant la fameuse affichette qui avait terrorisé le maire de Strasbourg. À les observer, ces populations indigènes ne semblaient pour le moins pas très commodes. En découvrant la silhouette du *Graf Zeppelin* au-dessus de leurs têtes, elles s'agitaient en tous sens comme de minuscules fourmis venant de prendre un magistral coup de pied dans leur fourmilière. Par les petits panaches de fumée qui apparaissaient de-ci de-là, il était aisé de se douter que les plus apeurés tiraient dans leur direction.

Ces quelques tromblons rouillés ou autres vieux fusils, qui avaient été tirés à la hâte du fond d'un coffre ou d'une armoire, où ils sommeillaient tranquillement depuis les campagnes napoléoniennes du siècle dernier, étaient heureusement inoffensifs pour les aérostiers.

Ce moment de candide émerveillement fut de courte durée pour le *Stockfelder*. Exactement le temps qu'il lui fallut pour se rendre dans le salon-salle à manger.

En y pénétrant, il eut l'impression que le maître-coq avait cuisiné pour le petit déjeuner de ses convives une soupe à la grimace. Les vingt passagers, regroupés à la demande de l'officier pilote von Schiller, arboraient en effet de véritables têtes d'enterrement. Le Russe devait avoir vidé la marmite, car il affichait une tête digne d'un dogue allemand à qui on venait de voler son os.

Le ton avait été donné dès le début de cette réunion, lorsque le commandant en second avait demandé que l'on mette un terme à la musique pour que tout le monde puisse parfaitement entendre ce qu'il avait à dire. Le milliardaire américain, propriétaire du phonographe mettant peu d'entrain à s'exécuter, l'officier se fâcha tout rouge et changea diamétralement de ton :

— Si vous n'arrêtez pas de suite cet instrument, je le balance par-dessus bord et on vous débarquera à Tokyo en vous rendant votre argent et en vous dédommageant de votre engin.

Face à une telle détermination, le jeune Américain, pourri gâté depuis sa naissance, s'empressa d'obéir comme il ne l'avait sans doute jamais fait de sa vie entière. Dès que les mélopées hawaïennes se turent, le second du docteur Eckener mit clairement les points sur les i :

— Je sais que certains d'entre vous ont déjà traversé des océans uniquement pour les plaisirs que procurent les croisières, mais le *World tour* du LZ 127 est une expédition et n'est donc en rien comparable à un voyage d'agrément. Ceci vous avait été clairement signifié au moment où vous avez pris vos billets et vous vous êtes engagés à vous conformer au règlement de bord. Si pour l'heure vous avez respecté à la lettre l'interdiction formelle de fumer, eu égard au danger d'explosion que représentent les 75 000 mètres cubes d'hydrogène qui sont au-dessus de nos têtes, vous semblez avoir quelque peu oublié une autre instruction qui a également son importance.

Les regards, concentrés sur Hans von Schiller, exprimaient tous la même surprise.

— En effet, ce matin, tout le monde s'est lavé généreusement, comme s'il s'était trouvé dans la salle de bains d'un palace d'une prestigieuse station balnéaire. Mes techniciens m'ont informé que le niveau de notre réserve d'eau s'en est trouvé considérablement affecté. Comprenez qu'il est impossible de continuer de la sorte, sans nous retrouver avec des réservoirs vides bien avant notre arrivée à Tokyo. De plus, le survol de la Sibérie étant une première dans l'histoire de l'aviation, personne ne peut prédire ce qui est susceptible de nous arriver durant les jours à venir. En conclusion, je vous ordonne de manière formelle de ne plus vous laver jusqu'à notre prochaine destination. À la fin de cette allocution, sans attendre de commentaire, l'officier tourna les talons pour s'en retourner dans le poste de pilotage et annoncer au docteur Eckener qu'il avait accompli sa mission.

Les vingt passagers, se retrouvant soudain entre eux, se dévisagèrent avec étonnement, chacun espérant une réaction de l'autre. Plusieurs regards se concentrèrent sur Lady Grace Hay Drummond-Hay toujours tirée à quatre épingles, en se disant qu'elle avait peut-être utilisé à elle seule plus d'eau que tous les autres passagers réunis. Celle-ci, ayant lu dans leurs regards les pensées désobligeantes qui les habitaient, n'était cependant pas de nature à se laisser déstabiliser pour si peu et se contenta d'une pirouette pour s'en débarrasser :

— Le capitaine von Schiller a bien raison de vous rappeler à l'ordre. Moi, pour ma part, je m'étais contentée ce matin de faire une petite toilette de chat.

Elle avait accompagné ses mots par un effleurement du dos de la main contre sa joue, qui n'avait pas pour autant su convaincre tout le monde, malgré son incontestable talent de comédienne.

Les officiers américains, ainsi que les deux explorateurs, comprenant qu'une lady pouvait avoir dans ce registre plus de besoins qu'un homme, portèrent plutôt des regards accusateurs sur les journalistes de sexe masculin qu'ils trouvaient peu aptes à se plier à la rigueur qu'exigeait un voyage d'exploration. Cette bande d'agités leur semblait en effet peu encline à respecter la moindre discipline. Pour s'en convaincre, il suffisait de les observer lorsqu'ils importunaient sans cesse les radiotélégraphistes en jouant des coudes pour griller en douce la politesse aux copains, ou lorsqu'ils entraient dans la salle de navigation ou le poste de pilotage malgré l'interdiction, sous prétexte de reportage. Les plus casse-cous s'étaient même aventurés dans les nacelles des moteurs, au risque de ne plus apparaître sur la liste des passagers à l'arrivée de l'aéronef lors de sa prochaine escale.

Le docteur Kaklin, bien présent physiquement avec sa tête des très mauvais jours, semblait pourtant complètement absent mentalement, comme si cette mise au clair ne le concernait pas. N'ayant pas desserré les dents une seule fois, son mutisme fut porté au compte de sa déconvenue de la veille. Firmin ayant noté qu'il ne l'avait pas toisé comme à son habitude en entrant dans la pièce, se demanda si, à son réveil, le bolchévique n'avait pas eu l'idée de jeter un œil à son maroquin rouge.

William B. Leeds, ragaillardi par le départ de l'officier, dispersa l'assemblée en s'écriant : « Bon, il n'a pas dit que nous devions également faire abstention de musique ». Il relança l'instrument, dont il semblait, de plus en plus, aux autres passagers que la fonction se réduisait à celle de leur casser les oreilles.

41

Durant le reste de la journée, l'activité dans le salon-salle à manger fut intense et pas seulement aux heures des repas. Les journalistes, assis autour des tables, y travaillaient d'arrache-pied, donnant l'impression que l'endroit s'était transformé en rédaction d'un grand quotidien. En tapant sur leur machine à écrire comme des enragés, ils parvenaient à couvrir les airs de musique, au regret du jeune milliardaire qui, sous prétexte d'avoir payé sa place, ne pouvait tout de même pas décemment les empêcher de faire leur boulot.

Il était alors impossible à quiconque de passer par cette pièce sans que le photographe et cinéaste allemand, Heinz von Perckhammer, ne lui mette le grapin dessus pour lui servir de figurant. Depuis qu'ils avaient quitté les contrées dites civilisées, ce drôle de personnage au verbe haut ne se présentait plus qu'en bras de chemise, sa poitrine velue à l'air, vêtu d'une culotte courte en cuir rapportée depuis son Tyrol natal. Son ton autoritaire ou implorant, suivant la nature de sa proie, permettait difficilement à celle-ci de se dérober. Même Hugo Eckener fut contraint de s'y prêter à quelques reprises, de plus ou moins bonne grâce, en s'efforçant de mettre sa bougonnerie naturelle de côté…

Agglutinés aux baies vitrées, d'autres photographiaient tout ce qu'ils jugeaient digne d'être immortalisé dans le panorama ; les observateurs militaires observaient, on ne savait trop quoi au juste ; les explorateurs exploraient, du moins du regard, les paysages qui s'offraient à eux. Tandis qu'au milieu de toutes ces activités, pour lesquelles ces hommes et cette femme étaient rémunérés, les deux voyageurs payants voyageaient, à leur manière.

En bons milliardaires, qui sauront vous soutenir les yeux dans les yeux que leur existence n'était pas une chose aisée au quotidien, ils tâchaient de tenir leur rang en faisant preuve d'autant d'oisiveté qu'il leur était possible. Il faut bien leur accorder que les distractions étaient tout de même nettement moins nombreuses dans le *Graf Zeppelin* qu'à bord des luxueux steamers de la *White Star Line* ou de la *Cunard Line* qui croisaient sur tous les océans de la planète.

La consigne stricte du capitaine von Schiller ne fut finalement respectée que durant très peu de temps. Si, dans les heures qui suivirent, les salles de bains des passagers demeurèrent effectivement vides, les usagers frustrés en retrouvèrent très rapidement le chemin, pour ce qu'ils jugèrent être de bonnes raisons. Les premiers s'y lavèrent uniquement les mains ou se passèrent un peu d'eau sur la figure ; d'autres s'y enfermèrent en prétextant une toilette des plus sommaires. La nature est ainsi faite qu'à l'exception de Heinz von Perckhammer, qui avait parfaitement pris le pli, chacun revint à ses anciennes habitudes et tant pis s'ils épuisaient en cours de route l'eau des ballasts jusqu'à la dernière goutte.

42

Passé les monts de l'Oural, les aérostiers du *Graf Zeppelin* étaient entrés de plain-pied dans un autre univers. Si le mot immensité avait été inventé pour décrire une contrée particulière de cette planète, c'était indéniablement à la Sibérie qu'il devait son apparition. Tandis que le vaisseau avançait au-dessus de ces étendues infinies, il ne se trouva plus la moindre trace d'une isba de chasseur ou d'une cabane d'ermite d'où sortirait un fanal de fumée pour témoigner d'une quelconque âme qui vive. La forêt boréale étant dépourvue de toute présence humaine sur des milliers de kilomètres. La nature y était livrée à elle-même, comme elle le fut depuis la création du monde.

Dans cette contrée sauvage, il ne se trouva bien sûr plus aucun poste de TSF au sol qui soit joignable depuis l'aéronef. Les radiotélégraphistes se retrouvant sans emploi, ils continuèrent cependant à assurer leurs quarts en regardant le paysage dans l'attente d'un improbable appel. Hors de portée de tous faisceaux hertziens, il ne restait plus aux aventuriers qu'à prier le ciel pour qu'aucun incident ne contraigne le LZ 127 à un atterrissage d'urgence. Dans cette éventualité, aucune autorité n'en saurait rien avant plusieurs jours, lorsqu'il ne réapparaîtrait pas au large des côtes du Japon. Cette situation était d'autant moins enviable qu'après le pied de nez que leur avait fait le docteur Eckener, les bolchéviques ne seraient certainement pas les premiers à s'inquiéter de leur sort. Il y aurait même fort à parier qu'ils mettraient peu d'entrain à venir leur porter secours.

Au fur et à mesure que le *Graf Zeppelin* grimpait sur l'échelle des parallèles jusqu'à se hisser au degré du cercle polaire arctique, à bord, le niveau du mercure baissait sur les graduations des thermomètres d'une manière proportionnelle.

La chute de la température eut un impact direct sur le comportement des passagers qui se figèrent comme s'ils avaient été pris dans la glace. Les machines à écrire et les appareils photo furent remisés les uns après les autres. Les observateurs de toute sorte avaient déserté leur poste aux fenêtres, préférant se tenir à bonne distance des vitres par les joints desquelles on sentait nettement l'air polaire sourdre à l'intérieur de la nacelle. Même la musique s'était tue et pour cause. Les deux oisifs s'adonnaient à une nouvelle activité qui consistait à tourner en rond en se battant énergiquement les côtes avec les mains pour se réchauffer. Les militaires ayant opté pour une séance d'exercices physiques adaptée à l'exiguïté des lieux, le salon-salle à manger du LZ 127 ressemblait à présent à une salle de gymnastique.

Le qualificatif d'expédition qu'avait utilisé Hans von Schiller prenant à présent tout son sens, une piqûre de rappel s'avérait dorénavant totalement superflue. D'ailleurs, avec ce froid de canard, il n'y avait plus personne pour songer à rejoindre les salles d'eau et y soigner son hygiène corporelle dans le plus simple appareil. Cela n'empêchait pourtant pas Lady Grace d'être toujours aussi séduisante !

Hormis Heinz von Perckhammer, dont l'épiderme avait probablement été endurci par son enfance dans les Alpes, les autres passagers enfilèrent l'une après l'autre de nouvelles couches de vêtements pour se protéger de l'air glacial.

C'est alors que l'explorateur arctique George Wilkins fit sensation en se présentant avec un équipement polaire que lui envia aussitôt tous les transis de froid, qui le virent apparaître en claquant des dents en guise d'applaudissements. Le brave homme fit une seconde fois sensation en cédant avec beaucoup de bienveillance ses bottes à la seule femme à bord, après s'être rendu compte que celle-ci n'avait pas pensé à emporter avec elle des chaussures qui pussent préserver ses orteils de l'onglée.

De cet instant, la séduisante Lady Grace Hay Drummond-Hay, engoncée dans ses bottes de sept lieux arctiques, ne se déplaça plus dans la gondole de l'aéronef que comme une nouvelle espèce de pingouin, non répertorié à ce jour par le corps scientifique.

43

Le silence pesait terriblement à Firmin qui se trouvait, ce samedi soir, seul dans la salle des radios, glaciale et faiblement éclairée, du *Graf Zeppelin*. S'il regrettait un petit peu l'effervescence folle qui avait régné dans ce lieu pas plus tard que la veille, il déplorait bien plus encore de ne pas être au *Coucou des bois* avec ses amis. Comme à leur habitude, Charele, Sele et Fredel devaient, à l'heure qu'il était, s'y retrouver bien au chaud, tandis que lui errait comme une âme en peine aux confins de la taïga et de la toundra sibériennes.

Bien qu'il portât un chandail que lui avait prêté Helmut le temps de son astreinte, le froid l'empêchait de s'endormir lorsqu'il essayait de trouver une position adéquate sur son siège.

Avachi, le dos appuyé au dossier, les jambes croisées et tendues, les mains calées au fond des poches, la tête penchée en avant, le menton en contact avec la laine qui recouvrait son torse, il attendait minuit, heure à laquelle son officier viendrait le relever. Malheureusement, les aiguilles de l'horloge étaient tout aussi engourdies par le froid que ses membres et semblaient peiner à se mouvoir. À chaque fois qu'il levait le regard dans leur direction, il s'étonnait du peu de distance qu'elles avaient parcourue depuis la fois précédente.

Pendant que le radiotélégraphiste regardait distraitement la vapeur qui s'échappait de sa bouche à chaque expiration, le docteur Kaklin vint subrepticement s'immiscer dans ses pensées. Le représentant des autorités bolchéviques, qui était pourtant monté dans cet aéronef pétri des meilleures intentions pour soigner l'image de son pays, se tenait en marge de toute société depuis son mémorable coup de gueule dans le poste de pilotage. Même avec son camarade de chambrée espagnol, il ne s'en tenait qu'aux échanges les plus sommaires, bien que ce dernier ne fut pour rien dans ses déboires.

Il participait au repas en ne desserrant les dents que pour s'alimenter, sans se fendre d'un bonjour ou d'un au revoir au moment où il venait et repartait. Lorsqu'il n'avait pas d'autre choix, il s'adressait au jeune garçon de cabine, transformé en serveur à l'heure des repas, sans la moindre formule de politesse. Pour un peu, il aurait bien été capable de se lever pour se chercher du pain ou remplir son verre de vin lui-même, pour économiser ses cordes vocales.

S'il s'était refermé comme une huître en faisant totalement abstraction de son entourage, il avait pourtant conservé les regards désagréables qu'il jetait à Firmin. Pouvait-il se douter de quelque chose ? Il était impossible que le Russe l'ait vu lorsqu'il avait subtilisé les documents dans sa cabine. Mais est-ce que le *Stockfelder* ne se trahissait pas, malgré lui, par les regards coupables qu'il ne pouvait s'empêcher de lui jeter en douce, lorsqu'ils se croisaient inopinément ?

À peine cinq minutes s'étaient écoulées depuis le dernier regard du radiotélégraphiste à l'horloge. Pourtant, il aurait bien juré qu'il y avait au moins un quart d'heure qu'il ne s'était pas intéressé à elle.

Il ne faisait pas l'ombre d'un doute dans l'esprit de Firmin que le Soviétique s'était rendu compte de la disparition des documents que contenait son maroquin. Mais, à l'évidence, il ne semblait pas s'en être ouvert à quiconque dans l'aéronef. S'il avait signalé cet incident au commandant de bord, celui-ci aurait diligenté une enquête, dont le *Stockfelder* aurait immanquablement eu vent. Puisqu'il n'avait pas souhaité ébruiter l'affaire, cela prouvait bien qu'il n'était pas le propriétaire légitime de cette liasse de papiers. Et si, d'aventure, les autorités à bord avaient réussi à les retrouver, avant de les lui rendre, elles auraient certainement exigé des explications qu'il eut été bien embarrassé de fournir.

En conclusion, le docteur Kaklin ne pouvait s'en remettre qu'à lui-même pour se sortir de cette situation, et c'était bien ce qu'il semblait s'être dit. Plusieurs mécaniciens avaient en effet rapporté dans le carré de l'équipage qu'ils l'avaient vu à différents endroits du zeppelin, avec l'air de chercher quelque chose. Lorsque l'un d'entre eux lui avait proposé son aide, alors qu'il était occupé du haut de la coursive médiane à scruter méticuleusement l'enveloppe de l'aéronef, celui-ci l'avait envoyé balader d'un méprisant geste de la main.

Firmin priait le ciel pour que sa cachette soit assez bonne pour ne pas être découverte. Il brûlait d'envie d'aller y jeter un coup d'œil pour se rassurer, mais c'était assurément la dernière des imprudences à commettre.

Trois minutes, trois petites minutes à peine depuis tout à l'heure, cela semblait impossible, mais pourtant la montre-bracelet confirma bien à l'infortuné que l'horloge n'avait rien perdu de sa ponctualité.

Pendant ce temps, à des milliers de kilomètres, dans un *Coucou des bois* en pleine effervescence, Charele commandait trois *Humbe*. Dès qu'ils furent servis, Sele s'empressa de glisser un verre en direction de ses camarades en en renversant une belle rasade sur la table. Fredel épongea ce liquide avec un journal qu'il balança ensuite sous le banc.

Après s'être assuré qu'ils fussent tous fournis, Charele leva son verre en disant solennellement :

— Si notre Firmin n'est pas là, ce soir, avec nous, c'est qu'il a mieux à faire. Nous lui souhaitons donc de prendre beaucoup de bon temps là où il se trouve.

Bien entendu, cette tournure de phrase, somme toute relativement neutre, fut interprétée de manière goguenarde par ces trois hommes mariés, qui se demandaient, entre eux, si leur ami célibataire ne leur cachait pas des choses.

— À la santé de Firmin ! Je suis sûr qu'il doit bien s'amuser à l'heure qu'il est.

— À la santé de Firmin, répondirent les deux autres avant d'engloutir une bonne gorgée pour étancher la soif que leur procurait l'air sec de cette fin d'été, avant de rire de manière entendue, chacun s'imaginant ce qu'il voulait bien s'imaginer. Ces trois véritables camarades auraient volontiers arrêté le temps pour que leur copain puisse profiter plus longtemps de l'instant présent.

Or, précisément au même instant, Firmin, transi, toquait sur le verre de sa montre avant de la porter à l'oreille pour vérifier son fonctionnement, avant de s'insurger :

— Toutes les horloges et les montres à bord doivent être déglinguées par le froid à l'heure qu'il est. Ce n'est pas possible autrement que le temps passe si lentement.

44

Malgré l'immensité de la Sibérie, les cinq moteurs du *Graf Zeppelin* finirent tout de même par en venir à bout sans le moindre incident, au grand soulagement des globe-trotteurs. Après quatre jours de vol, apparurent enfin les rivages de la mer d'Okhotsk. Un premier poste de TSF au sol répondit alors aux appels longtemps envoyés dans le vide par les radiotélégraphistes du dirigeable. Dès que la communication fut rétablie, la bonne nouvelle de ce retour à la civilisation fut diffusée à la surface du globe comme une traînée de poudre.

Les températures étant devenues nettement plus clémentes, les vêtements polaires disparurent aussi vite qu'ils étaient apparus et Lady Grace retrouva toute sa distinction. D'aucuns trouvaient qu'il était plus que temps d'arriver à présent à destination, puisque Heinz von Perckhammer, qui n'avait plus utilisé les lavabos depuis les instructions de von Schiller, commençait à répandre autour de lui des effluves vraiment incommodants.

L'activité revint à la normale dans le salon-salle à manger. En même temps que le cliquetis des machines à écrire et le clic-clac des appareils photographiques, réapparurent également les airs de musique. L'un ou l'autre passager aurait-il pris les devants, en craignant l'instant où ses oreilles seraient à nouveau mises à dure épreuve ? Toujours est-il que William B. Leeds se plaignait de ne plus trouver certaines de ses galettes musicales. Après avoir fouillé la pièce commune de fond en comble et s'être attaqué à sa cabine sans aucun succès, il afficha un air dubitatif, l'index sur la bouche, cherchant désespérément à résoudre l'énigme :

— Est-ce qu'on m'aurait volé mes plus beaux disques ?

À la surprise générale, il obtint une réponse sibylline du docteur Kaklin dont tout le monde avait quasiment oublié le timbre de voix :

— Si quelqu'un dans cet appareil vole des disques, il vole également d'autres choses, ou alors il y a plusieurs voleurs à bord.

Personne ne comprit le sens de cette phrase. Mais lorsqu'elle fut rapportée à Firmin celui-ci s'en amusa énormément :

— Il a bien raison ce bougre d'homme. C'est vrai qu'il y avait plusieurs voleurs à bord, pour commencer les deux ou trois individus qu'il eût lui-même surpris ces derniers jours en train de balancer des chants hawaïens ou des tubes de jazz par les verrières. Lui, avait par contre la conscience tranquille ; il ne se considérait pas comme un voleur du fait d'avoir repris une chose à une personne à laquelle elle n'appartenait pas.

En approchant des côtes japonaises, les deux journalistes et l'observateur délégué originaires de l'Empire du soleil levant, qui avaient jusqu'alors brillé par leur discrétion, sortirent soudain de leur attitude empreinte d'une sagesse toute orientale. Les trois nippons n'en pouvaient plus de se pâmer d'aise, face à la beauté que représentait à leurs yeux le chapelet d'îles qui s'étendait au nord de leur pays. Dans le salon-salle à manger, on n'entendait plus que leurs borborygmes nasillards totalement incompréhensibles aux autres passagers, tandis qu'ils couraient de manière exaltée d'une fenêtre à l'autre pour embrasser tout le panorama.

À son arrivée à la base aéronautique militaire de Kasumigaura à proximité de Tokyo, le *Graf Zeppelin* eut droit à un accueil exceptionnel. Une foule immense de Japonais agitait avec frénésie de petits drapeaux allemands. Une vraie communion des peuples s'opérait immanquablement sur toutes les parties du globe à l'apparition de l'aéronef, effaçant spontanément toutes les rancœurs passées.

Dans cette liesse, on en oubliait presque que cet immense hangar à l'imposante charpente de fer, dans lequel le dirigeable allait être stationné, avait été transporté jusqu'au Japon depuis l'Allemagne, il y a quelques années auparavant, au titre des dommages de guerre.

45

Quatre jours après son arrivée, l'aéronef larguait à nouveau ses amarres pour accomplir un nouvel exploit inédit, celui de traverser par les airs le plus grand océan du globe.

Personne parmi les passagers et les membres d'équipage ne s'était plaint de ne pouvoir rester plus longtemps au Japon. Ils eurent à peine le temps d'apprendre quelques mots de l'idiome local et à maîtriser suffisamment le maniement des baguettes pour ne pas trop tacher leurs vêtements et ceux de leurs voisins de table. Il ne fallait pas non plus enfiler le matin des chaussettes trouées, parce que les usages protocolaires nippons les rendraient visibles plusieurs fois dans la journée et savoir s'abstenir de demander la composition d'un plat, pour la bonne et simple raison qu'il était parfois préférable de n'en rien savoir !

Une autre révélation de cette escale, et qui n'était pas des moindres, était l'existence sur cette planète d'airs de musique bien plus douloureux aux tympans que ceux qu'affectionnait William B. Leeds. Au point que le capitaine von Schiller prévint ses camarades de l'état-major du vaisseau au moment de l'embarquement :

— S'il se pointe à bord avec des disques de musique japonaise, je vous promets que je jette ce petit con par la verrière. Il n'aura qu'à rentrer chez lui à la nage.

Le jeune milliardaire ne comprit pas pourquoi tous les officiers pouffaient de rire, lorsqu'il passa à côté d'eux pour monter à bord ! Mais, s'étant abstenu de la fantaisie dont on le soupçonnait, il n'eut pas à en faire les frais.

Depuis que le *Graf Zeppelin* avait repris son envol, Firmin respirait mieux, nettement mieux que les jours précédents leur arrivée à Tokyo.

Bien qu'il eût pris sur lui de n'en rien laisser paraître, l'agitation du docteur Kaklin l'avait mis dans un état de stress insupportable. La tentation d'aller vérifier que sa cachette était restée inviolée l'avait titillé au point de le réveiller à plusieurs reprises en plein sommeil. Mais dès qu'il revenait à lui, il parvenait à se convaincre qu'il valait mieux s'abstenir coûte que coûte.

À l'approche de leur destination, le Soviétique n'eut de cesse de parcourir le dirigeable dans toute sa longueur, de la proue à la poupe, le nez en l'air, parfois à quatre pattes sur les coursives ou debout sur les rambardes, furetant dans des endroits totalement improbables. Il ressemblait à un limier excité par l'odeur d'une proie qu'il ne parvenait pas à localiser, au point que le *Stockfelder* s'était demandé si le Russe n'avait pas réellement un flair hors du commun.

Le comportement bizarre du docteur, qui ne s'embarrassait plus de précautions, avait poussé les mécaniciens à organiser sa surveillance. Ainsi, en laissant traîner ses oreilles au carré de l'équipage durant ses moments de relâche, notre radiotélégraphiste découvrait dans quelles parties du dirigeable le bolchévique venait de porter ses investigations.

Finalement, en le voyant quitter l'aéronef l'air excédé, vitupérant dans la langue de Gogol avec quatre ou cinq de ses compatriotes venus l'accueillir et qui allaient probablement le raccompagner jusqu'à Moscou, Firmin comprit qu'il avait remporté la partie.

46

Débarrassé du détestable personnage, le Strasbourgeois ne fut pas pour autant au bout de ses péripéties. Il dut survivre à une tempête effroyable au-dessus du Pacifique, durant laquelle le zeppelin fut secoué et balloté en tous sens, lui faisant craindre que sa dernière heure ne fût venue. Tandis que l'appareil grinçait de toutes ses structures et tentait de soustraire comme il le pouvait ses 75 000 mètres cubes d'hydrogène aux violents éclairs qui déchiraient le ciel, même le dernier des athées à bord s'était mis à prier Dieu avec une ferveur intense.

En passant le 180° de longitude, le *Stockfelder* eut la surprise de devoir reculer l'heure de sa montre, afin que celle-ci affiche durant quarante-huit heures le chiffre vingt-quatre.

Puis, après huit mille six cent soixante-treize kilomètres parcourus en moins de quatre jours, le LZ 127 arriva à San Francisco, rajoutant, presque avec flegme, ce nouvel exploit à son formidable palmarès. Sans s'y poser, il mit le cap sur Los Angeles où il atterrit le lendemain.

Les Américains ont cette curieuse manie de toujours tout voir en grand. Est-ce que cela tenait à la taille de leur pays ? Personne ne pouvait répondre à cette question. Mais en tout état de cause, Firmin n'en crut pas ses yeux lorsqu'il réalisa qu'il participait à un banquet de mille convives et parmi eux, le prestigieux Charlie Chaplin en personne.

Pas même le temps de prendre le dessert et l'aventure se poursuivait déjà, tambour battant, sous l'impulsion d'un docteur Eckener peu amateur de civilités. À vouloir se sauver d'une manière aussi précipitée, le commandant de bord fut à deux doigts de le payer très cher, car il s'en fallut de peu que l'aéronef ne soit détruit au contact d'une ligne à haute tension bordant le terrain d'aviation.

À peine le temps de survoler Phoenix, El Paso, Kansas City, Chicago, Détroit, Cleveland et voilà déjà la ville de New York, sur l'autre rive de ce continent, reliée en une cinquantaine d'heures. Les musiques de jazz étant de circonstance pendant l'observation des paysages américains, personne ne trouva plus à y redire.

Aucun regret ne fut émis par les passagers quant à la brièveté avec laquelle s'était déroulée cette étape. Ceci pour la simple raison qu'au décollage, pour éviter que l'appareil ne s'embrase en touchant la ligne électrique, toute l'eau avait été vidée des ballasts dans l'urgence. L'autoritaire capitaine von Schiller pouvait donc s'économiser des instructions désagréables ; il n'y avait tout simplement plus d'eau dans l'aéronef, point. Cet état de fait ne relevant pas des passagers, il eut même tendance à afficher profil bas lorsque le sujet était évoqué.

En survolant le Far West, Firmin s'était souvenu avec nostalgie de ses lectures d'enfance dans lesquelles les cow-boys et les Indiens s'affrontaient en rivalisant de courage. Une partie du prestige qu'inspiraient ces personnages de fiction avait rejailli sur lui et sa bande de copains, qu'on appelait alors les *Stockfeld indianer* (les Indiens du Stockfeld). Par ailleurs, combien de fois n'avait-il pas écouté les récits de l'un ou l'autre vieux *Stockfelder* qui se souvenaient des spectacles qu'avait donnés le grand Buffalo Bill en personne, à Strasbourg, en 1890 et 1891 ? Le *Wild West Show*, un spectacle unique au monde, deux cents Indiens et cow-boys paradant fièrement ensemble, avant de s'entretuer sur des chevaux au grand galop, pour le plus grand plaisir des spectateurs. Que n'aurait pas donné le petit garçon de l'époque pour y assister ?

Aux yeux de Firmin, la démesure de ce pays se traduisait par l'immensité de la côte ouest. Celle de l'océan qui la baignait, celle du désert qui la bordait à son autre extrémité, mais également l'étendue de ses villes jusqu'à perte de vue. Sur le littoral atlantique, le hors-norme était avant tout vertical. Les immeubles new-yorkais s'élevaient à des hauteurs vertigineuses, parce que le ciel y appartenait vraisemblablement à tout le monde, contrairement au sol qui ne semblait pas assez vaste pour l'ensemble de la population.

Le *World tour* s'achevait, comme il se devait, dans ce pays de tous les extrêmes. Ces gratte-ciels n'étaient pas moins impressionnants vus au niveau du sol. Une parade triomphale emmena les globe-trotteurs dans la ville sous une neige de petits papiers, au son de fanfares postées aux coins des rues qui faisaient résonner des flots énormes de musique. Ces *marching bands*, pour le coup à l'arrêt, avaient-ils seulement conscience de tout le bonheur qu'ils procuraient aux passagers des véhicules du cortège. Les cuivres exaltés faisaient sonner leurs oreilles au passage, à l'instar des buccins, carnyx et salpinx de l'Antiquité avant le début des batailles ! Pour sûr, voilà bien les concitoyens du bruyant William B. Leeds.

Bien évidemment, réceptions, discours, banquets, rien n'y manquait ; l'équipage faisait bonne figure, mais devenait tout de même un peu blasé.

Et, en apothéose de la soirée, une charmante demoiselle, dont Firmin comprit qu'elle se prénommait Daisy, lui fit goûter à l'hospitalité américaine, bien au-delà de ce à quoi un esprit aussi innocent que le sien pouvait s'attendre.

47

La traversée de l'océan l'Atlantique généra bien moins d'engouement que celle du Pacifique. Il n'y eut que les personnes embarquées à Lakehurst pour s'émerveiller de l'immensité des flots.

Les Américains, ayant bouclé le *World tour*, brillaient dorénavant par leur absence. Plus de jeune milliardaire arrogant tenant tête au commandant de bord avec son phonographe, plus de militaires de l'US Navy tirés à quatre épingles, ni d'explorateur polaire à la tenue d'esquimau ou de journalistes au verbe haut, mais plus de Lady Grace Drummond-Hay non plus. Dommage ! Les compatriotes qui les avaient remplacés n'étaient pas du même tonneau. Surtout pas le sombre abruti surpris en train de fumer dans les toilettes, au risque d'emmener près de soixante personnes avec lui pour aller taper à la porte de saint Pierre.

Il n'y eut plus que le fantasque Heinz von Perckhammer et ses *Tiroler Lederhosen* (pantalons en cuir tyroliens) pour mettre un peu de relief dans le salon-salle à manger.

Grâce à sa vitesse, le LZ 127 clouait littéralement sur place les paquebots qui se traînaient en dessous de lui et dont les cheminées fumaient parfois autant qu'elles le pouvaient pour tenter de remporter le fameux ruban bleu, ce prestigieux trophée qui récompensait le navire-détenteur du record de la traversée de l'Atlantique, dans un sens ou dans l'autre.

Ce vol, d'une tranquillité absolue et à la limite de l'ennui, que les passagers effectuaient assis confortablement dans leur siège en dégustant un verre de cherry ou de whisky, relégua aux péripéties d'un temps lointain et bien révolu les exploits de Charles Lindbergh. La traversée de l'Atlantique que le jeune pilote avait entrepris au péril de sa vie pour relier New York à Paris aux commandes de son avion le *Spirit of Saint-Louis*, ne remontait pourtant qu'à deux ans en arrière.

Avec ce tour du monde effectué par un dirigeable, la revanche des aérostats sur les aérodynes dans la conquête du ciel était cinglante. Bien des spécialistes de l'aéronautique prétendirent haut et fort que l'exploit accompli par le *Graf Zeppelin* était la preuve éclatante qu'avec son rayon d'action et son luxe, similaire à celui des prestigieux paquebots, avec une vitesse comparable à celle des avions les plus rapides, l'avenir du transport de voyageurs par la voie des airs appartenait sans l'ombre d'un doute à ce type d'engin. Totalement conquis, même le prestigieux *Time Magazine* avait titré : « Le dirigeable semble bien le moyen de transport idéal pour les voyages transocéaniques ».

Les aérodynes, autrement dit les avions, trop lourds, trop consommateurs de carburant, à l'autonomie faible, ne pouvant transporter qu'une charge utile restreinte, semblaient devoir se cantonner à l'avenir à quelques fonctions de moindre importance et pouvaient même être amenés à disparaître.

En cette année 1929, le visionnaire Jules Verne, qui avait fait triompher une quarantaine d'années auparavant l'*Albatros*, plus lourd que l'air face au *Go a head* plus léger que l'air dans son roman d'anticipation *Robur le Conquérant*, semblait indubitablement pris en défaut.

48

C'est avec un plaisir indescriptible que Firmin reconnut du loin la forme si singulière du lac de Constance. Cette silhouette, que ses camarades allemands montraient du doigt en s'émerveillant : « *der Bodensee, der Bodensee* », s'était profondément gravée dans sa mémoire lorsqu'il l'avait découverte trois semaines auparavant dans la pénombre, emporté dans les airs par l'aéronef, pour un périple dont il était bien loin de se douter de la tournure qu'il prendrait.

En ce 5 septembre 1929, au terme d'un dernier survol triomphal du lac, effectué en compagnie de nombreux avions, le *Graf Zeppelin* se posa en douceur sur la prairie de la base aéronavale de Friedrichshafen à 8h45 précise, terminant ainsi sa *Weltfahrt* après avoir bouclé son *World tour* une semaine plus tôt.

Comme à Lakehurst, une foule inouïe s'était donnée rendez-vous pour lui faire un triomphe. Rien n'était trop beau pour exprimer sa joie. Musique, confettis, bouquets de fleurs, bouchons et gerbes de champagne ainsi que des volées de chapeaux et de hourras étaient projetées dans les airs en direction de l'appareil, dans un joyeux désordre. Les officiels sur une estrade, engoncés dans leurs costumes, assistaient stoïques à ce monumental charivari en tentant de ne rien laisser paraître de leurs émotions. Patiemment, ils attendaient que l'équipage s'extraie de l'appareil et se fraie un chemin jusqu'à eux.

En sortant de la nacelle à son tour, Firmin aperçut soudain, parmi une multitude de têtes qui s'agitaient en tous sens, ses deux collègues Goges et Hubes qui agitaient les bras à se démettre l'épaule afin d'attirer son regard. Aussitôt, il leur fit signe pour leur faire comprendre qu'il les avait reconnus.

Après avoir fait ses adieux à l'équipage et avoir serré une dernière fois dans ses bras son ami Helmut, qui ne savait comment le remercier de lui être venu en aide en le tirant d'un si grand pétrin, le *Stockfelder* quitta ses compagnons avec un réel vague à l'âme. Des camarades avec lesquels, lui, le simple employé de bureau, devenu radiotélégraphiste pour la circonstance, était fier d'avoir fait équipe pour accomplir cet exploit d'effectuer pour la première fois un tour du monde en vol.

Le commandant de bord et l'ensemble de son équipage devaient à présent se prêter à l'interminable cérémonie prévue par le protocole officiel. Après avoir écouté l'hymne national *Deutschland über alles* joué par la fanfare, ils durent faire preuve de patience pendant les interminables discours. Viendrait ensuite le moment des remises de bouquets de fleurs, de médailles commémoratives, de poignées de mains et embrassades, de séances de photographies ; rien ne leur serait épargné avant un dernier hymne national pour sceller le tout. Certaines rumeurs prétendaient même que le docteur Eckener, las de tout ce cirque qu'il goûtait fort peu et auquel il avait pourtant été contraint de participer à chaque étape au cours de sa circonvolution planétaire, avait quitté le LZ 127 à Lakehurst dans l'unique but de s'épargner cette dernière corvée.

Et lorsque les aérostiers du *Graf Zeppelin* se furent enfin dépêtrés de toute cette agitation, il leur fallut encore assouvir l'appétit féroce d'une horde de journalistes qui trépignait d'impatience en attendant qu'on leur donne enfin en pâture ces héros fourbus qui n'avaient pourtant, comme unique souhait, que de rejoindre enfin leur foyer.

Firmin put fendre la foule pour retrouver ses collègues strasbourgeois sans trop d'encombres, puisqu'il s'était empressé de quitter son uniforme et revêtir ses vêtements civils avant de sortir de l'aéronef. Tandis qu'il se dirigeait vers eux, avec son précieux colis sous le bras, il passa à côté d'une personne dont la tête lui sembla vaguement connue. Ce n'était que quelques pas plus loin, qu'il prit conscience qu'il venait de croiser Ruprecht, le radiotélégraphiste, dont il avait pris la place. Le séducteur, arborant son nouveau nez, assistait comme simple spectateur à un triomphe qui aurait pu être le sien, si toutefois Marcel Martin n'avait pas eu son idée géniale, s'il ne s'était pas laissé attirer stupidement dans ce bosquet par Goges et, enfin, si Bouboule ne lui avait pas administré une de ces doses de somnifère dont il avait le secret.

Après des retrouvailles touchantes, les trois membres des Brigades du Tigre n'avaient qu'une seule envie : celle de quitter au plus vite la base aéronavale de Friedrichshafen et son indescriptible chaos.

Installé sur la banquette arrière de la De Dion-Bouton, portière verrouillée et vitres relevées, le globe-trotteur goûta le calme qui régnait dans l'habitacle en comparaison avec l'agitation extérieure. L'absence du vrombissement des cinq moteurs du zeppelin qu'il avait eu sans cesse dans les oreilles durant tout son périple lui fit un effet étrange, presque inquiétant, que ne parvint pas à effacer le modeste moteur de 1 853 cm3, lorsque Goges tourna la manivelle, après avoir amorcé la pompe à essence.

Tandis que l'automobile traversait la foule en roulant au pas, Firmin regardait à travers la baie de custode, d'un air hagard, toute cette foule se mouvant de manière désordonnée dans un sens ou dans l'autre. Il ne percevait plus les bruits et les cris que de manière feutrée, comme dans un rêve. Même le contenu des échanges entre ses deux collègues, assis devant lui, lui échappait progressivement. La fatigue accumulée, les décalages horaires successifs, auxquels son organisme n'avait pas eu le temps de s'adapter, finirent par le vaincre. Il voulut fermer les yeux pour un court instant, mais fut incapable de les rouvrir. Il vit le rose de ses paupières s'obscurcir, se sentit sombrer dans des profondeurs abyssales. Puis… plus rien.

Le véhicule de service des Brigades du Tigre traversa la Forêt-Noire pour s'en revenir dans la capitale alsacienne, sans que Firmin en eût la moindre perception. Ce ne fut qu'au moment où l'automobile tourna pour s'engouffrer dans la cour du 11, rue de la Nuée-Bleue, siège de la police strasbourgeoise, qu'il rouvrit enfin un œil. Bien que son sommeil ait été de plomb durant tout le trajet, à aucun moment sa main droite, posée sur le paquet à côté de lui sur la banquette, n'avait bougé d'un iota.

Lorsque le moteur fut coupé, ses deux collègues se retournèrent vers lui avec un grand sourire et Goges lui annonça fièrement :

— Ça y est, tu es de retour chez toi.

Tandis que Hubes, visiblement d'une humeur lyrique, jugeait opportun de déclamer le célèbre vers de Joachim Du Bellay :

— « *Heureux, qui, comme Ulysse, a fait un beau voyage* ».

49

Le secret avait été bien gardé selon les instructions strictes de la hiérarchie parisienne. En dehors des membres des Brigades du Tigre, aucun policier du commissariat de Strasbourg n'avait été informé des péripéties dans lesquelles leur sténodactylographe avait été lancé. En traversant les couloirs de l'ancien hôtel du Bourg, il n'y eut donc que des salutations polies et l'un ou l'autre policier municipal, au courant de son prétendu remplacement, pour se réjouir de son retour :

— Tiens Firmin, te revoilà parmi nous.

— Ça fait du bien de revenir à Strasbourg, n'est-ce pas Firmin ?

— J'espère que ton remplacement n'a pas été trop ennuyeux.

Certaines remarques étaient évidemment bien plus appropriées que ce dont leurs auteurs pouvaient se douter :

— Au moins, tu auras vu un peu de pays.

Lorsque la porte des locaux des Brigades régionales de police mobile s'ouvrit, le *Stockfelder* dut se retenir pour ne pas fondre en larmes. Tous ses collègues, qu'il considérait comme de véritables amis, étaient là, les uns à côté des autres, pour l'accueillir dans un tonnerre d'applaudissements. Ils s'agglutinèrent aussitôt autour de lui, pour l'embrasser, le câliner, lui dire un mot gentil.

Puis, au terme de toutes ces embrassades, un cercle s'étant progressivement formé, Firmin Ochsenschwanz tendit solennellement vers le commissaire divisionnaire le colis qu'il tenait dans les mains, en annonçant avec une grande fierté :

— Voilà chef, mission LZ-127 accomplie.

Marcel Martin n'était pas moins ému en le lui prenant des mains :

— Un grand merci à toi Firmin, tu as accompli un travail incroyable. Au nom de toute la brigade, je te félicite pour ton courage. Pour Firmin, hip, hip, hip !

— **Hourra** !

Comme le voulait la tradition, cette acclamation fut reproduite à deux reprises, avant un nouvel applaudissement tonitruant accompagné par les pieds tapant violemment sur le sol, pour faire autant de bruit que possible.

Posant le présent qu'il venait de recevoir derrière lui sur le coin d'un bureau, le divisionnaire s'adressa à son équipe :

— Mademoiselle et messieurs, il est temps maintenant de fêter dignement le retour de notre cher collègue.

Firmin fut un peu étonné de la manière légère avec laquelle son chef venait de poser ce paquet qu'il lui avait fallu s'approprier avec tant de peine, comme s'il n'avait pas vraiment compris de quoi il en retournait. Mais l'ambiance festive balaya rapidement cette très légère contrariété de son esprit.

Les bouchons de champagne se mirent à sauter dans l'air accompagnés par cette détonation sèche, si caractéristique qu'elle symbolise le top de départ des fêtes dans l'esprit populaire. Après un dernier toast porté à la santé du héros du jour, toutes les coupes s'entrechoquèrent avant d'être portées aux lèvres.

Firmin remarqua sur un coin de table la pile des journaux *Der Elsässer* que le service avait acheté tous les jours que dura son périple. Il n'y avait en effet pas eu d'autre moyen à disposition de ses collègues que les quotidiens pour avoir quelques renseignements sur lui ou du moins sur le dirigeable dans lequel il était supposé se trouver. Une déduction qui avait coulé de source lorsqu'ils avaient appris par le journal, paru le lendemain du départ de Friedrichshafen, que l'escale moscovite n'avait jamais été envisagée. Cette dépense du service fut une aubaine pour Marinette Muller, qui put ainsi suivre à moindre frais quelques épisodes de son feuilleton préféré, *Schwester Engelberta*, qui continuait immuablement à s'étaler sur quatre colonnes au bas de la page deux.

Tout en sirotant sa délicieuse boisson et en grignotant quelques *Schtangele* et *Bradschtale* (sticks et bretzels), Marcel Martin rassura Firmin au sujet de sa mère, qu'il était allé voir chaque semaine pour la renseigner sur son fils. Celle-ci, ne se doutant bien évidemment de rien, avait transmis à ses copains les fausses informations que le divisionnaire lui racontait en profitant de son statut. Charele, Sele et Fredel avaient donc passé trois samedis soir de suite au *Coucou des bois* sans sa présence, chose qui ne s'était jamais produite depuis toutes ces années qu'ils se retrouvaient chaque semaine à la même table.

Malgré toute cette liesse, il y avait quand même un petit quelque chose qui turlupinait notre aventurier. Personne ne lui parlait spontanément de l'enquête concernant l'assassinat, sur laquelle planchaient pourtant tous les inspecteurs de la Brigade du Tigre au moment de son départ. De la même manière, il s'attendait à un tout autre accueil en rapportant ces documents qui semblaient si précieux qu'ils avaient préoccupé au plus haut point les édiles parisiens. Le globe-trotteur avait vraiment le sentiment, qu'autour de lui, tout le monde se comportait comme si cette histoire n'avait jamais existé ou, tout au plus, n'était plus considérée que comme une simple anecdote de peu d'importance.

N'y tenant plus, il se risqua à poser à son chef la question qui lui brûlait les lèvres :

— Est-ce que l'assassin de Jeannot Dietrich a été démasqué ?

— Il est démasqué et emprisonné, lui répondit-il d'un ton détaché, comme s'il s'agissait d'une affaire classée depuis des lustres.

En voyant son regard interrogatif, le divisionnaire ajouta sur le même ton :

— Il dort juste derrière ces murs, dans une des cellules de la rue du Fil.

La prison de Strasbourg se trouvait effectivement dans cette rue derrière le commissariat central. Mais, ce complément d'information n'avait pas pour effet de l'éclairer bien plus.

Avant que l'interrogatoire soit poussé plus avant, Marcel prit les devants pour y mettre un terme :

— Firmin, on ne va pas en parler maintenant, ça prendrait beaucoup trop de temps. Ce que je te propose, c'est que Goges te ramène tout à l'heure chez toi et demain, après une bonne nuit de sommeil, nous allons tout te raconter dans les moindres détails. Et ensuite, d'ailleurs, j'ai décidé que tu prendrais quelques jours de repos que tu as amplement mérités.

Après tout, Marcel Martin avait bien raison ; il saurait bien attendre un jour de plus pour être mis au courant. Le fait que le criminel soit sous les verrous sous-entendait qu'il n'y avait plus matière à s'exciter au sujet de ce meurtre. De plus, il n'était pas mécontent d'apprendre qu'il allait pouvoir rester quelques jours chez lui.

Les sollicitations de ses collègues, Marinette Muller en tête, mais également les inséparables Georges Schmidt et Hubert de la Grange – dont les progrès en alsacien étaient impressionnants – les deux Français de l'intérieur, Théodore Dupont et André Constantin, ainsi que les deux purs produits régionaux, Gustave Wagner et Joseph Fischer, lui firent vite passer au second plan cette énigme, dont il connaîtrait bientôt le secret.

50

Firmin n'était pas peu fier de se faire reconduire chez lui dans la rutilante automobile de la brigade et Goges, qui adorait la conduire, ne s'était pas fait prier pour lui rendre ce service. La longue route du Polygone, puis celle d'Altenheim qui menait jusque dans la Cité-jardin du Stockfeld furent avalées bien plus vite qu'en empruntant le tramway.

Lorsque la De Dion-Bouton IW 10 CV s'arrêta devant son domicile, tous les gamins des rues alentour, alertés par les pétarades, accoururent pour l'admirer, tandis que les voisins venaient se poster aux fenêtres et même se pencher au-dehors pour mieux l'admirer, au risque d'abîmer leurs plants de géraniums.

Le *Stockfeld Indianer* ne bouda pas son plaisir en ouvrant la portière et en descendant du marchepied tel un monarque rentrant dans son palais. Les résidus des vapeurs de l'alcool qu'il venait de consommer au commissariat un peu plus que de raison, l'aidèrent probablement à se comporter d'une manière aussi décomplexée. La comparaison avec un souverain s'arrêtait là, puisqu'au cœur de cette cité ouvrière, l'attroupement qui s'était formé était majoritairement constitué d'hommes en bleu de travail et grosses chaussures et de femmes en tablier avec des *Schlàbe* (pantoufles) aux pieds. Le comité d'accueil n'était donc pas aussi richement vêtu que des dignitaires de cour et ne portait pas plus la livrée de laquais d'un prince.

Quelle surprise pour ses voisins lorsqu'ils le reconnurent. Dans le lot des badauds, sa mère, pas peu fière de son rejeton, ne se montra pourtant pas plus expansive qu'à son habitude :

— *Nà, isch des a Auto* (Et bien, quelle voiture) !

Lui, se contenta de répondre :

— *Ja, es ich unsere Gscheftswave* (Oui, c'est notre voiture de fonction).

On était comme ça chez les Ochsenschwanz, pas d'épanchements de sentiments disproportionnés, et encore moins en public qu'en privé. Puis l'automobile repartit pour disparaître au bout de la rue. Chacun retourna alors à ses occupations et la vie des *Stockfeld Indianer* reprit son cours normal.

Les Ochsenschwanz rentrés chez eux, Géraldine prépara le repas et posa pour unique question à son fils :

— *Un, hesch guet gasse dorde* (Et alors, tu as bien mangé là-bas) ?

— *Ja, àrisch guet* (oui, très bien).

— *Des ich s'wischtigchte* (c'est l'essentiel).

Pour le reste, cela lui était bien égal.

51

Toute l'équipe était là, au grand complet, lorsque Firmin se présenta au bureau le lendemain matin. L'odeur du café et des premières cigarettes embaumait déjà le bureau quand le commissaire divisionnaire vint à sa rencontre, mettant visiblement un point d'honneur à être la première personne à lui serrer la main.

— Alors Firmin, bien dormi ?

— Comme un bébé.

— Tant mieux, je te propose de prendre une tasse de café et de passer de suite aux choses sérieuses pour que nous t'expliquions la tournure qu'a pris l'enquête pendant ton absence.

— Ce serait effectivement une très bonne chose. J'avoue que je suis un peu désorienté.

— Tu le serais à moins.

Pendant que le *Stockfelder* se versait à boire, son supérieur lui livra les premières explications :

— En fait, dès notre retour de Friedrichshafen, nous n'avions qu'une envie, tu t'en doutes, c'était de tomber sur le râble d'Armand Fleisch. J'ai donc envoyé Goges et Hubes pour le cueillir au siège de l'antenne locale du PCF avec l'instruction de le ramener ici, en le traînant par son fond de pantalon s'il le fallait, afin que nous puissions le cuisiner et lui faire cracher le morceau.

L'inspecteur Georges Schmitt prit alors le relais :

— Lorsque nous sommes arrivés sur place, l'oiseau avait déjà rejoint son nid. Il avait donc probablement fait la route en même temps et peut-être même avant nous. Il vaquait tranquillement à ses occupations, comme si de rien n'était, mais, au moment où il nous a vus ; il a subitement changé de couleur et s'est mis à trembler comme une feuille. Je me suis dit : « Toi, mon petit bonhomme, tu as quelque chose à nous cacher ».

Hubert de la Grange enchaîna :

— Tu aurais dû le voir lorsqu'on lui a demandé de nous suivre au commissariat ; il s'est empressé de sauter sur le portemanteau pour enfiler sa veste et mettre son chapeau. Il était visiblement terriblement gêné devant ses collègues éberlués, qu'il tentait de rassurer en leur disant : « Ne vous inquiétez pas, ce n'est rien, une petite affaire privée à régler. Je vous expliquerai tout à mon retour ».

— Quand on l'a installé dans mon bureau, poursuivit Marcel Martin, il était tellement tendu que si on lui avait mis une noix entre les fesses, il nous en aurait tiré un litre d'huile.

Marinette éclata de rire en imaginant la scène.

— Il n'a pas fallu longtemps pour qu'il passe à table. Totalement liquéfié, il nous a avoué être un de ces fameux « moscoutaires » dont il avait lui-même révélé l'existence à Goges et Hubes lors de leur premier entretien. Et, bien entendu, il n'a pu nier s'être trouvé à Friedrichshafen, au pied du *Graf Zeppelin*, puisque nous l'y avions vu.

— C'était donc bien lui qui avait apporté ces fameux documents volés sur le cadavre de Jeannot Dietrich au docteur Kaklin, s'empressa de demander Firmin en désignant le colis qu'il avait donné à son chef la veille et qui n'avait pas bougé d'un poil depuis.

— Pas exactement, nous étions effectivement certains, à ce moment, d'être au bout de l'enquête, mais, en réalité, il s'est avéré que c'était plus compliqué que ce que nous pensions.

Goges poursuivit :

— Si notre bonhomme a pris tellement peur en nous voyant débarquer c'est parce qu'il savait que nous savions qu'il jouait un double jeu au sein de son parti. Ceci, pour la bonne et simple raison qu'après son entretien avec le docteur moscovite, sur la base aéronavale, il m'avait également reconnu, probablement au moment où nous étions focalisés sur le Russe qui repartait, avec ce que nous pensions être les documents compromettants.

— Il ne venait donc pas de lui remettre ces fameuses écritures comptables ?

— Malheureusement ou heureusement, non, sembla s'excuser le divisionnaire. Ce qui était par ailleurs assez peu probable avec le recul, puisque tu le sais mieux que nous, le LZ 127 n'avait pas pour intention de faire escale à Moscou. Remettre ces documents au docteur Kaklin pour qu'il les parachute au-dessus de la capitale bolchévique pouvait tout de même sembler très hasardeux et, par ailleurs, imaginer que ses supérieurs lui demandent de les ramener depuis Tokyo, en traversant toute la Sibérie n'aurait eu aucun sens.

— Qu'est-ce qu'il faisait là alors ?

— À vrai dire, tout n'était pas faux dans notre déduction. Il s'était tout de même déplacé en sa qualité de taupe soviétique, mais l'échange ne devait pas se faire dans le sens que nous nous étions imaginé. Notre homme s'était déplacé jusqu'à Friedrichshafen pour y recevoir du docteur, venu directement de Moscou, les dernières instructions émanant du Bureau central du Parti communiste de l'URSS, que lui et ses « moscoutaires » devaient suivre à la lettre, suite à la volte-face de Charles Hueber et de sa bande.

— Des instructions qui n'avaient rien à voir avec notre histoire ?

— Absolument rien, ça concernait le noyautage ou le petit jeu d'espions, si tu préfères, auquel se livrent les « moscoutaires » au quotidien dans leur propre parti, mais également dans celui du maire.

— C'est vraiment une drôle de mentalité que de se comporter de la sorte avec des gens qui ont une totale confiance en vous !

— Tu peux le dire, mais je ne suis pas convaincu que ses confrères et à la fois ennemis non déclarés soient d'une bien meilleure moralité.

— Le dirigeant de l'antenne strasbourgeoise du PCF est donc blanc comme neige ?

— Pas tout à fait. Si nous nous sommes autant égarés dans nos investigations, c'était bien parce que nous avons été victimes de cette satanée hostilité, qui ressemblait à s'y méprendre à une guerre de gangs que se livraient, sur l'échiquier politique local, les différentes instances et tout particulièrement les communistes et les transfuges qui ont fait sécession avec Charles Hueber.

— Comment ça ?

— En fait, Armand Fleisch est tout de même un sale type pour avoir fait déposer sur le bureau du maire de Strasbourg l'affiche du *moujik hirsute* par un de ses sbires. Il a justifié cet acte en nous expliquant qu'il voulait se venger ainsi de son ancien camarade de parti qui avait injustement accusé les membres du PCF d'être à l'origine du crime.

— Une menace de mort que nous avions évidemment prise très au sérieux, étant donné le contexte, et qui n'avait finalement pour unique but que de lui ficher la trouille.

— On peut dire qu'il a bien réussi son coup, quand on songe à l'état dans lequel ça l'a mis. Le maire aurait très bien pu en mourir et nous aurions été obligés d'en élire déjà un autre, si peu de temps seulement après sa prise de fonction.

Tandis que tout le monde faisait une mine faussement désolée à l'idée que Charles Hueber aurait pu disparaître prématurément de la direction de la municipalité, Hubert de la Grange, qui exécrait littéralement cet homme, relativisa la frayeur que celui-ci avait eue en la mettant en perspective :

— On ne va pas le plaindre, il doit en avoir bien d'autres, des vertes et des pas mures du même registre, à son actif.

Pour éviter que la discussion ne dérive sur ce triste personnage, sur lequel il y avait tant de choses à dire, le *Stockfelder* se permit de la recentrer :

— Au final, la seule chose que craignait donc Armand Fleisch était d'être démasqué comme étant un « moscoutaire » ?

— Tout juste ; il redoutait que ses liens étroits avec l'URSS, soient révélés au grand jour devant ses camarades du Parti communiste français. Probablement que cette nouvelle aurait sonné le glas de sa carrière politique. Mais, puisque cette information ne nous concernait en rien, nous ne l'avons évidemment pas divulguée, ce qui lui permet aujourd'hui de continuer son petit jeu.

— C'est du propre !

— Par ailleurs, nous n'avons pas plus jugé utile d'informer le maire sur l'identité du plaisantin qui lui avait foutu le trouillomètre à zéro. Charles Hueber n'a eu que ce qu'il méritait.

— Mais on sait où sont passés ces documents ?

— Si je dis que le maire n'a eu que ce qu'il méritait, c'est parce que c'est lui qui nous a, en premier, leurré avec son histoire à la con.

— Une histoire à la con ?

Le commissaire divisionnaire, visiblement très gêné de devoir confesser devant sa brigade au grand complet cet aveu de faiblesse, regardait au fond de sa tasse dans laquelle il tournait avec assiduité la cuillère, comme un gamin regarde ses chaussures pendant que sa mère le gronde.

— Tout à fait. Après avoir appris la mort de son comptable, Charles Hueber, qui ne perd définitivement jamais le nord quand il s'agit de perfidie, s'était dit que ce crime pouvait finalement très bien favoriser ses intérêts. Il s'est donc mis en tête de se servir de nous en nous révélant l'existence de documents volés par le PCF sur le cadavre de Jeannot Dietrich, pour que nous allions mettre le bazar dans son ancien parti… Et nous,

nous nous sommes fait leurrer comme des débutants, moi le premier.

Firmin écarquillait les yeux pour dévisager son chef qui continuait sur sa lancée :

— Quand j'ai compris à quel jeu de dupes avait joué Armand Fleisch, j'ai eu un gros doute au sujet du maire. Je suis donc allé moi-même le voir dans son bureau où, entre quatre yeux il m'a tout avoué. Il n'y a jamais eu de documents volés, tout ça n'était que pure invention pour nuire à ses adversaires. Ce qui lui a valu d'être pris à son propre jeu, puisque ceux-ci ont répliqué avec une fausse menace de mort. Et nous, nous avions tout pris pour argent comptant.

— Vous voulez donc dire que cette piste était totalement fausse ?

— Totalement. Je ne te raconte d'ailleurs pas la soufflante que je me suis prise de Paris lorsque je leur ai appris la nouvelle. Les plus hautes instances de l'État avaient été informées et tout le monde redoutait d'un jour à l'autre l'explosion d'une bombe politique. C'est tout juste si le président Gaston Doumergue ne m'a pas appelé pour m'enguirlander en personne. Je peux vous l'avouer à présent, à un moment, j'ai bien cru que j'allais sauter.

Firmin n'en croyait pas ses oreilles.

— J'ai donc fait tout ça pour rien ?

— En quelque sorte… oui.

Si le divisionnaire l'avait pu, il aurait voulu s'enfoncer dans le sol pour disparaître.

Firmin, définitivement de bonne composition, n'était pas fâché ; ce sont malheureusement des choses qui pouvaient arriver. Il fallait bien reconnaître que le contexte dans lequel les enquêteurs s'étaient retrouvés, bien malgré eux, au milieu d'un ring où s'affrontaient des politiciens sans vergogne, avait totalement faussé leur travail d'investigation. Et puis, après tout, c'était bien lui qui avait échafaudé l'hypothèse du *Graf Zeppelin*. Pour le coup, cette méprise l'avait tout de même amené à faire le tour du monde… pour rien.

— Mais le meurtrier, vous me disiez hier qu'il est sous les verrous, dans la rue du Fil, il sort d'où alors ?

— L'enquête se retrouvait donc au point mort et nous nous apprêtions à repartir de zéro, quand ces deux messieurs, en désignant les inspecteurs Théodore Dupont et André Constantin, m'apportèrent un beau matin notre assassin sur un plateau.

— Ça alors, vous l'avez trouvé comment ?

— De la manière la plus simple du monde, lui répondit Théodore.

— En allant acheter le journal, rajouta André.

— Là, j'avoue ne rien y comprendre du tout.

— En fait, n'ayant pas d'autre moyen d'avoir de tes nouvelles, j'avais demandé à ces deux messieurs de nous rapporter tous les matins l'édition du jour de *L'Elsässer*, expliqua le divisionnaire.

Marinette désigna à Firmin la pile de journaux qu'il avait déjà repéré la veille, tandis que les deux Français de l'intérieur reprenaient la parole à tour de rôle :

— Et donc, un beau matin, pour reprendre les propos de Marcel, nous nous pointons comme d'habitude au kiosque à journaux de la place Kléber et on attend notre tour.

— La file se résorbait tranquillement jusqu'au client devant nous qui semblait rencontrer quelques problèmes avec le vendeur.

— Au début, on ne s'est pas trop posé de question, mais étant donné que ça commençait à durer et que le ton montait, on s'est un peu rapproché pour voir de quoi il s'agissait.

— En fait, les deux hommes se disputaient à cause d'un billet de banque de cent francs. Le vendeur n'en voulait pas, alors que l'acheteur prétendait mordicus qu'il était tout ce qu'il y avait de plus valide.

— Le problème concernait visiblement un trou bien circulaire qui se situait en plein milieu, à l'emplacement du filigrane.

— L'acheteur prétendait dur comme fer à son interlocuteur : « Mais tu vois bien que c'est un trou fait par une cigarette, c'est même moi qui l'ai fait ».

— « Mon œil oui, tu me prends pour un perdreau de l'année ou quoi ? Moi je te dis que ça c'est un trou de balle de pistolet ou de fusil ; j'en veux pas de ton billet. Donne m'en un autre ou va-t'en » se défendait le vendeur.

— Le premier commençait visiblement à s'énerver sérieusement : « Un trou de balle, n'importe quoi ! Je te dis que c'est un trou de cigarette, trou de balle toi-même du *Árschloch* (espèce de trou de cul) ».

— En observant attentivement, ce bout de papier émit par la Banque de France, agité en tous sens par son propriétaire qui n'arrivait pas à s'en défaire, il nous semblait également que ce trou tenait plus d'un impact que d'un mégot qui serait tombé malencontreusement à cet endroit.

— Vu que cette embrouille semblait tout de même un peu louche, on a embarqué le propriétaire du billet et on l'a ramené ici pour qu'il s'explique un petit peu.

— Et, au moment où on a passé la porte du bureau, on a entendu Bouboule interpeller notre client : « Salut Bébert, ben ça alors, quel bon vent t'amène ? ».

L'inspecteur Gustave Wagner, dont le surnom faisait trembler tout le milieu strasbourgeois, prit alors le relais :

— En vieux copains, on a discuté du bon vieux temps. Ça fait plaisir de faire un brin de causette avec une si ancienne connaissance. Nous l'avions cuisiné à plusieurs reprises par le passé, dans des affaires auxquelles il ne pouvait pas ne pas être mêlé. Mais à chaque fois, comme une anguille, il nous avait filé entre les doigts.

Joseph Fischer, l'alter-ego de Bouboule, qui connaissait Bébert tout aussi bien que lui, poursuivit :

— Ce coup-ci, il pouvait difficilement nous échapper. Cette vieille canaille ne se serait certainement jamais laissé refiler un billet avec un trou aussi caractéristique. Fait par une cigarette ou pas, qu'importe. À présent, il fallait qu'il s'explique.

Bouboule, puis Joseph, prirent alors alternativement la parole, de la même manière que l'avait fait au préalable leur confrère de l'intérieur :

— Il y a des truands qui ont quand même plus de classe que d'autres et moi je dis que Bébert, il était de la haute. Pendant des années, il s'est battu comme un beau diable contre la justice qui lui filait le train. De plus, malin comme un singe, on peut dire qu'il nous aura donné bien du fil à retordre. Je ne compte pas le nombre de fois qu'il nous a joué. Mais là, pris la main dans le sac, n'ayant pas d'histoire abracadabresque à nous fournir pour nous embrouiller, il n'a pas été long à nous avouer d'où il tenait ce billet troué. J'vous le dit, ça fait plaisir de recueillir des aveux aussi nets, aussi limpides, je serais presque tenté de dire, aussi honnêtes.

— Son affaire ne marchant pas très bien, il s'était décidé à se faire un peu de fraîche sur le dos d'un de ces michetons, qu'il voyait tous les soirs tourner le coin de l'hôtel faisant face à sa devanture et dont il imaginait les poches débordantes de pognon. Son plan était on ne peut plus simple. Le type qu'il aura détroussé la nuit, en plein milieu de la *Làngstross*, n'ira certainement pas porter plainte au commissariat pour ne pas révéler ses mœurs coupables. Et, l'affaire faite, en deux pas, le Bébert, il était de retour chez lui, derrière son comptoir, ni vu ni connu. C'était tombé cette nuit-là sur Jeannot Dietrich, comme cela aurait pu tomber sur n'importe quel autre gogo.

— Ensuite, c'est un grand classique, le pistolet ne devait servir qu'à faire peur, mais l'affaire a mal tourné, le coup est parti.

— Sa seule erreur, au barman, a été d'avoir embarqué le fric malgré la balle qui avait traversé le portefeuille. Lui, un vieux de la vieille, plonger pour une erreur aussi grossière. C'est dire si les affaires sont dures en ce moment !

— Moi je dis que Bébert, c'est le genre de client qu'on finit par regretter.

— C'est vrai qu'il n'y en a plus beaucoup des comme lui.

Pour un peu, Marinette aurait tendu son mouchoir aux deux colosses, pour qu'ils puissent sécher leurs larmes.

C'était à Marcel Martin que revint le mot de la fin :

— Tu vois Firmin, d'une certaine manière, c'est tout de même un peu grâce à toi que cette enquête a pu être résolue.

52

Le reste de la journée se déroula à l'image du train-train habituel du service strasbourgeois des Brigades régionales de police mobile, lorsque les malfrats du département se tenaient à carreau.

Marcel Martin s'était retiré dans son bureau pour s'occuper, personne ne savait trop à quoi. Goges et Hubes, s'étant pris de passion pour les échecs, enchaînaient les parties endiablées. Marinette discutait de tout et de rien avec deux collègues d'un autre service, venus lui rendre visite. Gustave Wagner et Joseph Fischer, ayant tracé une cible sur le sol en linoléum, s'exerçaient à lancer leur porte-plume le plus près possible du centre, en notant soigneusement leurs points sur un bout de papier. Et Théodore Dupont et André Constantin faisaient des charades, pour lesquelles leurs collègues alsaciens n'éprouvaient aucune appétence.

Firmin, n'ayant pas plus de préoccupation que ses collègues, songeur, passait son temps à les observer. En son absence, rien n'avait changé et c'était tant mieux ainsi. Ce tour du monde, tout de même, ce fut une belle aventure. Dans ses rêves les plus fous, il n'aurait jamais pu envisager de faire un périple pareil. Par ailleurs, le criminel étant aux mains de la justice, tout était bien qui finissait bien.

En fermant les yeux, le globe-trotteur voyait défiler les immenses forêts sibériennes, les interminables flots du Pacifique et de l'Atlantique, sur lesquels planait, imperturbablement, l'ombre du dirigeable. Dans sa mémoire étaient imprimées à tout jamais les villes de Berlin, Tokyo, San Francisco, Los Angeles et New York et, dans chacune d'elles, le triomphe qui avait été fait par la foule en liesse aux passagers et membres d'équipage du *Graf Zeppelin*.

La journée de « travail » arrivée à son terme, Firmin s'en retournait chez lui avec le tramway de la ligne 4, content d'avoir en poche un congé d'une semaine, signé par son supérieur.

En montant à bord de l'omnibus à l'arrêt de la place Kléber, il avait retrouvé les personnes avec lesquelles il voyageait habituellement. Celles-ci lui jetèrent un regard étonné en se disant très probablement : « Tiens, ça fait longtemps qu'on ne l'avait plus vu, lui ». Assurément, aucun d'entre eux ne se serait risqué à lui poser la moindre question. On se connaissait de vue, certes. Chacun avait même une parfaite connaissance de la garde-robe des autres. Mais selon les règles de la bienséance, la glace se devait de ne jamais être rompue. Comme ces moines ayant fait vœu de silence, on ne se parlait durant toute la durée du trajet sous aucun prétexte entre personnes ne se fréquentant pas par ailleurs.

Le globe-trotteur, revenu à son moyen de transport habituel, se souvenant parfaitement de chaque endroit où les rails mal aboutés secouaient vigoureusement tout le convoi, attrapait machinalement une poignée ou une main courante au bon moment pour ne pas être déséquilibré. Les resquilleurs à bicyclette, s'adonnant à leur numéro d'équilibriste, se devaient tout autant de veiller à ces cahots pour ne pas fournir aux voyageurs, qui avaient les yeux rivés sur eux, le spectacle qu'ils appelaient de tous leurs vœux.

Le bruit des balais des balayeurs, frottant le sol avec peu de conviction, annonçait l'arrivée à la place du Marché de Neudorf. Une haridelle attelée à une vieille carriole, qui venait de rendre l'âme en plein milieu de la chaussée, provoquait un attroupement dans la rue perpendiculaire à celle du Polygone avec, pour effet, d'y congestionner le trafic jusqu'au croisement des deux axes. Le chauffeur du tramway fut contraint de stopper sa machine jusqu'à ce que la voie soit dégagée. Quelques minutes plus tard, l'omnibus put se remettre en route en avertissant les piétons par le tintinnabulement caractéristique de sa clochette.

À la hauteur de l'aérodrome du Polygone, les passagers virent un avion du 2e Régiment d'aviation de chasse s'élancer dans les airs. Cahoté par les turbulences, il s'éloignait vers une destination inconnue, sur une trajectoire approximative que tentait de rectifier son pilote.

En descendant au terminus de la ligne 4, face à la forêt du Stockfeld, Firmin vit Guscht, le garde-chasse, sortir du *Coucou des bois* comme un marin s'agrippant au bastingage de son navire en pleine tempête. Il en déduisit qu'il n'était vraisemblablement pas moins aviné que le jour où il avait abattu d'un coup de feu magistral la lessiveuse des vieux Roth. Pour sûr, son palmarès de chasseur était unique en son genre.

En ces premiers jours de septembre, la chaleur n'était plus aussi intense que durant le mois précédent. Les rues du faubourg-jardin reprenaient vie. De petits attroupements, au sein desquels on refaisait le monde, s'étaient formés de-ci de-là. Des enfants jouaient au football sur la place des Colombes. Un rémouleur redonnait du tranchant aux couteaux de cuisine que lui apportaient des ménagères. Tout en faisant tourner sa meule à vive allure, il discutait de la pluie et du beau temps avec ses clientes. Un chiffonnier-ferrailleur, tirant derrière lui sa charrette à bras, gueulait sans conviction sa sempiternelle mélopée en croisant le *Stockfeld Indianer* sans même lui jeter un regard :

— *Lumbe, Altise, Altimàtràtze, Schokolàbàbier* (chiffons, vieilles ferrailles, vieux matelas et papiers de chocolat).

Même la gent canine avait retrouvé toute sa vigueur, puisque tous les cabots du quartier aboyaient contre lui en tentant de lui pincer les jarrets au passage en sortant brusquement la tête entre les planches des palissades en bois.

Dans sa rue, le *Stockfelder* salua les voisins qu'il croisa ou ceux qui cessaient leur activité de jardinage pour le regarder passer d'un air admiratif, encore sous le charme de son arrivée de la veille.

En passant la porte de son domicile, Firmin eut un flash, un de ces éclairs de lucidité qui vous vient à l'esprit lorsqu'on s'y attend le moins, et dont on se fait immédiatement le reproche de ne pas y avoir songé plus tôt :

— Au fait, si ces écritures compromettantes n'existaient pas, qu'est-ce que j'ai subtilisé alors comme documents dans le maroquin du docteur Kaklin ?

Cette disparition ayant pour le moins mis le Soviétique dans tous ses états, il y avait donc tout de même lieu de se demander de quoi il en retournait. Mais, puisque le colis qu'il avait rapporté si fièrement de son périple devait toujours se trouver posé négligemment au même endroit dans le bureau des Brigades du Tigre, où personne ne risquait de s'en saisir, il se dit :

— Bon, après tout, qu'importe. Ça attendra mon retour de congés.

53

Le lendemain soir, Firmin retrouva avec une très grande joie ses amis au *Coucou des bois* pour leur rencontre hebdomadaire. Fredel se leva en le voyant arriver et, comme s'il accueillait un personnage illustre, tira une chaise en arrière pour qu'il puisse y prendre place. Sele, craignant toujours que quelqu'un puisse mourir de soif au beau milieu de ce temple dédié à Dionysos, héla aussitôt une serveuse pour commander un *Humbe* pour son camarade. Charele mit de côté l'édition du jour de *L'Elsässer*, dont il prenait connaissance des gros titres, en se plaignant de la médiocre qualité de son contenu :

— Depuis trois jours, il n'y en a vraiment plus que pour ce *Graf Zeppelin* !

Tout naturellement, le globe-trotteur fut assailli de questions. Mais ne voulant pas dévoiler la véritable raison de son absence, il usa du prétexte du remplacement qu'avait imaginé Marcel Martin et dont ses amis avaient déjà eu vent par sa mère. Lorsqu'ils lui demandèrent dans quelle ville il avait été dépêché, il prit le temps de réfléchir avant de répondre, pour ne pas citer bêtement une localité par laquelle un de ses copains aurait pu passer. Il aurait été, dans ce cas, bien mal à l'aise si celui-ci avait voulu l'évoquer avec lui plus en détail.

— J'ai été muté durant trois semaines à Toulouse, se résolut-il à leur dire, en craignant que l'un d'entre eux ne lui réponde : « Ah oui, je connais très bien Toulouse, j'ai également eu l'occasion de m'y rendre un jour ».

Heureusement, aucun des trois lascars n'y avait jamais mis les pieds.

— Et bien dit donc, lui répondit Fredel, on peut dire que ce n'est pas la porte à côté.

— Tu peux le dire.

Sele trouva tout de même un peu fort de café qu'il n'y ait pas de sténodactylographe dans cette municipalité, ou du moins dans une ville plus proche que Strasbourg, pour effectuer ce remplacement. Charele, qui avait réponse à tout, en déduisit :

— Mais, qu'est-ce que tu t'imagines ? Pour trouver quelqu'un comme Firmin ailleurs en France, tu peux toujours courir.

L'argument étant sans appel ; le sujet fut clos.

Dans l'établissement, l'ambiance atteignait le seuil de bruit à la limite du tolérable, comme à l'accoutumée. Le brouhaha des clients, l'agitation des serveurs et des serveuses et le bruit des plats ou assiettes vides qu'ils brinquebalaient sans ménagement, l'impatience autour de la tireuse à bière d'où le liquide doré coulait sans interruption et pourtant pas assez vite, les éclats de rire surgissant des tables alentours, la fumée, l'odeur des fumets, rien n'y manquait.

En attendant que les plats qu'ils avaient commandés leur soient servis, les trois amis du *Stockfelder* le mirent au courant des événements qu'il avait manqué durant son absence. Rien de bien particulier, évidemment, mais tout chantre de la médisance vous dira que l'important dans les cancans ne se trouve pas tant dans les faits en eux-mêmes que dans la manière de les raconter et de les commenter par la suite. Et, dans ce registre, cette petite assemblée n'avait de leçon à recevoir de personne.

Comme d'habitude, Charele prit rapidement l'animation de la tablée à son compte. Il faut bien dire qu'il n'avait pas son pareil pour raconter des anecdotes, qu'il savait savamment monter en épingle :

— Vous ne connaissez pas la dernière ?

— Non, lui répondirent les trois autres à l'unisson, sentant bien qu'un récit burlesque était en train de poindre.

— Le sanglier des Roth aurait-il refait des siennes, se risqua Fredel ?

— Pas du tout, celui-là a eu son compte, on n'est pas près de le revoir.

— Ta femme est à nouveau enceinte, lui demanda Sele d'un air taquin ?

— *Mensch, bech du bled dûû* (Mais, qu'est-ce que t'es con toi), se contenta de lui répondre ce père de quatre charmants bambins touché à un point sensible, pendant que Fredel et Firmin se tapaient sur le ventre en riant.

— Bon, puisque de toute façon vous ne trouverez pas, je vais vous le dire, poursuivit-il.

Après avoir ingurgité une bonne gorgée de bière pour humidifier son gosier, comme un mécanicien consciencieux lubrifierait les engrenages d'une machine avant de la mettre en route, il commença par poser cette question :

— Vous connaissez tous Michel Schaeffer et Patrick Fritz qui habitent côte à côte dans la rue de la Breitlach ?

— Évidemment, ce sont les meilleurs amis du monde répondirent-ils en chœur.

— Et bien, je suis au regret de vous informer que leur grande camaraderie a littéralement volé en éclats depuis une semaine.

— Ah bon, qu'est-ce qui s'est passé ?

— Il y avait, dimanche dernier, un tournoi de belote organisé au foyer paroissial du Kàmmerhof par le *Kegnelesbockferan* (société d'aviculture) dont le premier prix était une splendide bicyclette. Puisqu'il est de notoriété publique que nos deux gaillards sont parmi les meilleurs joueurs du Stockfeld, personne n'a été surpris de les voir s'inscrire pour remporter ce gros lot qui faisait, évidemment, très envie à tous les participants.

Après avoir repris une nouvelle gorgée, le conteur reprit :

— Moi, je m'étais également inscrit avec mon beau-frère. Mais, cet abruti ne sachant définitivement pas jouer, je ne suis pas près de gagner un concours de belote. Qu'importe ! Ça n'a pas loupé ; à l'issue de la soirée, nos deux bonhommes, fiers comme des paons, sont sortis du foyer avec ce fameux vélo.

— Ça c'était couru d'avance.

— Et, c'est là que les choses ont commencé à se compliquer. Quand Michel a voulu monter dessus, Patrick lui a dit : « *Eh làngsàm do* (doucement là), ce vélo est autant à toi qu'à moi, pourquoi ce ne serait pas moi qui monterais dessus ? ». Michel, qui n'était pas homme à se laisser démonter, lui a répondu sur le même ton qu'il ne voyait pas plus pourquoi ce serait son ami qui roulerait, tandis que lui serait condamné à rentrer à pied. L'enjeu avait effectivement son importance étant donné l'heure tardive et la distance qui séparait le foyer Kàmmerhof de la rue de la Breitlach. N'arrivant définitivement pas à trouver de compromis, les deux gaillards ont fini par rentrer chez eux en marchant, chacun d'un côté du biclou, sans échanger le moindre mot.

Après une nouvelle pause technique pour se réhydrater, Charele poursuivit :

— On s'était dit, en les voyant partir : « Avec l'amitié qui les lie, nul doute qu'ils vont bien finir par s'entendre ». Bien loin s'en faut. Le lendemain, on a appris par le voisinage qu'à leur arrivée devant leur domicile, ils eurent à nouveau matière à discussion. Quand Michel a dit à Patrick : « je vais mettre le vélo dans ma cave », l'autre lui a répondu qu'il serait certainement mieux dans son appentis. D'où de nouvelles tractations interminables et sans issue.

— Mais il n'y avait vraiment pas moyen pour eux de s'entendre d'une quelconque manière ?

— Malheureusement, non. Les jours suivants, leur entourage a eu beau leur suggérer de rouler avec cette bicyclette à tour de rôle, un jour sur deux, ils voulaient tous les deux s'en servir le même jour. Quand il leur a été dit que l'un pouvait racheter la moitié à l'autre, ils ont tous les deux fait des bonds jusqu'au plafond, en s'offusquant à l'idée de dépenser de l'argent pour quelque chose qu'ils avaient gagné. Et depuis, ces deux meilleurs amis du monde ne se parlent plus et se regardent en chien de faïence à travers la clôture qui sépare leurs jardins.

— Et le vélo ?

— Ben, depuis cette fameuse nuit, le cadre, les pédales et la selle sont entreposés dans la cave de Michel et les roues et le guidon sont rangés dans l'appentis de Patrick… et à mon avis, il en sera encore ainsi pour longtemps.

— Voilà à quoi peut parfois tenir l'amitié, tout simplement à l'absence de sujet de discorde, en conclut Fredel.

— Au moins, avec mon beau-frère ça ne serait pas arrivé.

— Ne parle pas si vite Charele, lui répondit Sele, c'est arrivé à bien d'autres personnes d'une même famille, parfois pour des raisons bien plus futiles.

— Certainement, mais là les choses sont différentes.

— Parce qu'il joue très mal à la belote ?

— Non, parce que ce con ne sait pas non plus faire de vélo !

Les rires et les commentaires autour de cette histoire absurde ne se tarirent entre ces joyeux lurons qu'à la toute fin du repas.

Un moment de silence tomba sur la tablée pendant que le café servi avec le schnaps, indispensable pour une bonne digestion, étaient en passe de conclure la soirée en apothéose. Charele se tourna alors vers Firmin pour lui poser la traditionnelle question :

— Et toi Firmin, tu n'as rien à nous raconter ?

D'une manière toujours aussi immuable, celui-ci répondit :

— Oh moi, je ne vois pas très bien ce que je pourrais trouver de très intéressant à vous dire !

FIN

Remerciements

Fabienne Muckli
Guy Hornecker
Michel Grandjean
Bernadette Schnitzler
Monique Fuchs

Sources concernant le *Graf Zeppelin*

Léo Gerville-Réache, *Autour du monde en Zeppelin*, Paris 1929.

H. Luschnath, *Zeppelin-Weltfahrten,* Dresde 1933.

Douglas Botting, *Les dirigeables*, Amsterdam 1981.

Dr. John Provan, *Graf Zeppelin kehrt zurück*, Bonn 2007.

Retrouvez notre catalogue sur

www.editions-bastberg.fr

Imprimé par
Pulsio
© Éditions du Bastberg
2, impasse des Arquebusiers
67500 Haguenau
Dépôt légal : février 2024
ISBN : 9782358592802

Mise en page : Annabelle Diot

Toute reproduction, traduction ou adaptation, partielle ou totale, du présent ouvrage, par quelque procédé que ce soit, est interdite pour tous pays.